Eu, cidadão
do Mundo

Sonia Salerno Forjaz

Eu, cidadão do Mundo

5ª edição
São Paulo / 2007

Assessoria
Maria Elci Spaccaquerche
Amaury Cesar Moraes

DeLeitura®

Copyright © 1997 by Sonia Salerno Forjaz

Capa: Niky Venâncio
Ilustrações: Daniel Lopes
Revisão: Lumena Louzada Matta
Luiz Roberto Malta

DeLeitura é um selo da Editora Aquariana Ltda.

CIP-BRASIL. CATALOGAÇÃO-NA-FONTE
SINDICATO NACIONAL DOS EDITORES DE LIVROS, RJ
F81
4e Forjaz, Sonia Salerno
Eu, cidadão do mundo / Sonia Salerno Forjaz ; assessoria Maria Elci Spaccaquerche, Amaury Cesar Morais. - 5.ed. - São Paulo : DeLeitura, 2007.
192p. : il. ;

ISBN: 978-85-7217-105-2

1. Romance brasileiro. I. Spaccaquerche, Maria Elci. II. Morais, Amaury Cesar. III. Título.

07-2621.	CDD: 869.935	
	CDU: 821.134.3(81)-3	
05.07.07	09.07.07	002623

Direitos reservados:
EDITORA AQUARIANA LTDA.
Rua Lacedemônia, 85 - Vila Alexandria
04363-020 São Paulo - SP
Tel.: (11) 5031-1500 / Fax: (11) 5031-3462
editora@aquariana.com.br
www.aquariana.com.br

*Por inúmeras razões,
este livro vai para*

*Amaury
e
Maria Elci*

*Dentre elas:
pelo prazer de trabalharmos juntos,
pela substancial contribuição neste livro,
em especial.*

VIVENDO

Ricardo apoiou o fone na escrivaninha e procurou o documento solicitado por Bira na pesada pasta sanfonada. Tão logo o viu, voltou a pegar o fone e avisou:

—Você tem razão, Bira. O orçamento já está arquivado aqui comigo. Vou levá-lo para você agorinha mesmo.

Durante o seu trajeto para a gráfica, Ricardo cumprimentou vários colegas. Gostava de trabalhar naquele local e sentia que todos ali também apreciavam a sua companhia. Não era bem isso o que esperara encontrar, tempos atrás. Imaginou ter que enfrentar uma certa resistência por parte dos funcionários mais antigos, sentir um certo mal-estar, como se estivesse invadindo território alheio. Felizmente, nada disso acontecera. Graças ao seu modo de ser, atencioso com todos, fora recebido de braços abertos.

Ricardo desceu os dois lances de escada do pequeno prédio e, com passadas rápidas, atravessou o pátio dos fundos. Já de longe podia ouvir o ruído constante das máquinas. Ricardo identificou-se na portaria, por medida de rotina, pegou o crachá e caminhou rapidamente por entre as impressoras. O barulho era quase ensurdecedor. Ele acenou para alguns operários, constatando a enorme semelhança que lhes dava o macacão azul, uniforme do pessoal da gráfica. Simultaneamente, observou as folhas de papel girando em círculos intermináveis até saírem impressas do outro lado da esteira. Mais adiante, passou ao lado do setor de embalagem, virou à direita e subiu a escada de ferro.

Logo acima ficava a diretoria. Ao invés do conforto do prédio principal, recém- construído, Bira optara por manter a sua sala ali, onde sempre estivera, junto ao cheiro da tinta e da forte música das máquinas à qual seus ouvidos estavam habituados desde a infância. Já de longe, Ricardo pôde vê-lo através da parede de vidro. Estava em sua escrivaninha, indiferente a toda agitação exterior.

Ricardo bateu de leve na porta, abriu, entrou e a fechou em seguida, fazendo como que por milagre o ruído mais intenso ficar do lado de fora.

— Puxa! Que alívio — disse, assim que entrou na sala. — Não sei como este pessoal agüenta este barulho o dia inteiro!

— Não é o dia inteiro, Ricardo, eles trabalham em turnos — Bira argumentou, logo perguntando o que lhe interessava: — Trouxe o orçamento?

— Está aqui — disse Ricardo, estendendo-o para ele.

— Estive à procura deste documento o dia todo — Bira reclamou.

— Alguém o encaminhou para arquivo — comentou Ricardo, acomodando-se na cadeira que ficava defronte à escrivaninha e enfatizando com orgulho: — Mas comigo esteve seguro. Você sabe como sou organizado.

— Isso eu já percebi, Ricardo — Bira concordou. — E, nessas horas, chego a apreciar o fato de minha irmã ter se divorciado.

— Não diga uma coisa dessas, Bira. Eu queria mais era que meus pais se entendessem e ficassem juntos — Ricardo protestou.

— Se eles estivessem juntos, você jamais teria cogitado em vir morar comigo — Bira explicou. — Aí o arquivo estaria tão desorganizado como quando você chegou.

— Um caos, você quer dizer — o rapaz corrigiu.

— Exatamente — Bira concordou, enquanto guardava o orçamento na gaveta da escrivaninha e a trancava.

— Pelo seu jeito, deve ser coisa importante — Ricardo observou.

— Uma negociação que pode resolver para sempre a situação da gráfica, Ricardo. — Bira explicou. — É trabalho pra ninguém botar defeito.

— Pois então, meus parabéns, Bira. Você bem que merece algo assim depois de tudo por que já passou — Ricardo falou, referindo-se à recente greve, mobilizada pelos operários da gráfica.

— Nem me lembre disso — falou Bira, fazendo um gesto como querendo afastar as lembranças. — Mas, neste caso, ainda é cedo para dar os parabéns, filho.

— Filho... — Ricardo divertiu-se. — Acho engraçado quando você me chama assim.

— Estou adquirindo este hábito, não é mesmo? — Bira reconheceu. — Também, depois que você veio morar comigo, sinto-me um pouco seu pai, apesar de não ter nada de parecido com aquele safado...

— O fato de meu pai não estar com a minha mãe não faz dele um safado, Bira — Ricardo reclamou — Você é que sempre implicou com ele por morrer de ciúme de sua irmã.

— Não sei se é bem isso, Ricardo. Mas é verdade que nunca me afinei muito com ele. Depois que vi que ele não fez minha irmã feliz então, a coisa piorou.

— Isso lá é assunto deles, você não acha? Eu que sou filho resolvi sair de cena, você vai querer dar palpite?

— Não. Claro que não... — Bira comentou, levantando-se e vestindo a jaqueta *jeans* que estava no encosto da cadeira.

— Sabe aonde estou indo agora, Ricardo? — perguntou.

— Para casa? Se for, pego uma carona com você. Também já estou de saída — Ricardo comentou.

— Não... Para o clube — Bira corrigiu. — Estão querendo que eu seja o presidente novamente.

— Seria ótimo, Bira. — Ricardo entusiasmou-se. — Nunca mais aquele clube foi o mesmo depois que você saiu. Pelo menos é o que todos dizem.

— Um bando de bajuladores que só quer se livrar do abacaxi empurrando-o para mim.

— Ora, você bem que gosta daquele abacaxi, Bira — lembrou Ricardo, seguindo-o.

— Não do jeito que o deixaram... — o tio resmungou, enquanto descia a trepidante escada de ferro.

Com a voz abafada pelo ruído das máquinas, perguntou:

— Vai pegar o jantar com a dona Jandira, hoje?

— Vou — Ricardo quase gritou. — Quer que pegue para você também?

Bira fez um sinal positivo com o polegar e dirigiu-se ao estacionamento. Enquanto isso, Ricardo, tomando direção oposta, devolvia o crachá na recepção e saía pela porta da frente.

NOS EMBALOS DO MEDO

Priscila acordou sobressaltada com o próprio grito e impulsivamente sentou-se na cama. Então, olhou ao redor, procurando localizar-se na penumbra. O coração disparado fez com que ela levasse a mão ao peito. Em poucos segundos voltou a ter noção de onde estava e do que ali fazia. Pegou o pequeno relógio na mesa de cabeceira e verificou a hora:

— Já, seis da tarde! — ela falou consigo mesma! — Passei a tarde inteira dormindo. O que será que a mamãe me deu para tomar?

Voltando a apoiar a cabeça no travesseiro, ela fixou o olhar no teto do quarto e lembrou os recentes acontecimentos. Um frio percorreu a sua espinha como se ela estivesse revivendo tudo...

Na véspera, fim de uma tarde de garoa, Priscila saíra da escola e fora direto para o ponto de ônibus. O ônibus passou no horário previsto e ela, como de hábito, ao entrar, cumprimentou o motorista, cujo rosto lhe era muito familiar, porém com quem jamais conversara:

— Boa tarde — ela dissera, instalando-se no primeiro banco, ao lado da porta.

Ele retribuiu o cumprimento com um aceno de cabeça distraído e continuou seu percurso assobiando baixinho até que, numa das paradas, subiram dois rapazes. Foi quando tudo começou. Priscila, que mantinha o olhar perdido na janela, assustou-se quando ouviu alguém gritar:

— VOCÊ AÍ, PASSE JÁ A CARTEIRA!

Ela precisou de um tempo para entender o que estava acontecendo. O motorista, sob a mira da arma de um dos assaltantes, desviara a sua rota, não passando mais pelas paradas normais. Ao ver uma arma apontada em sua direção, Priscila sentiu seus músculos enrijecerem. Ao seu lado, uma senhora retirava o relógio e o colocava na sacola que o rapaz estendia. Priscila simplesmente não se moveu, não reagiu. Permaneceu fitando os olhos do rapaz, completamente imobilizada. Ele, imaginando que ela o desafiava, zangou-se e falou mais alto:

— NÃO BANQUE A ESPERTINHA, GAROTA, QUE EU POSSO MACHUCAR VOCÊ. PASSE JÁ A GRANA PARA CÁ.

Um senhor, que sentava no banco de trás, percebeu que Priscila estava imóvel por puro pavor. Parecia em estado de choque. Então tentou ajudar:

— Deixe a menina. Não vê que ela está assustada?

O aparte lhe custou um soco violento que provocou uma série de reações nos outros passageiros. Entre gritos de protestos, um choro convulsivo, mil apelos desencontrados, o rapaz continuou exigindo que Priscila o obedecesse:

— Você já está me tirando do sério, guria. Passe essa bolsa para cá.

A mulher ao seu lado, vendo que a menina não reagia, fez um movimento cauteloso em sua direção, pegou a bolsa e a entregou ao assaltante que, só então, fez o motorista parar e abrir a porta, para que ele e seu colega saíssem em disparada.

Quando Priscila deu por si, estava na delegacia, respondendo a inúmeras indagações para registro de um boletim de ocorrências. Suas pernas ainda tremiam quando sua mãe chegou para buscá-la. Contaram em detalhes a sua reação, ou melhor, a falta de reação que acometera a menina e, preocupada, a mãe a conduziu para casa.

Agora, no entanto, os acontecimentos vinham em seqüência em sua mente e Priscila sentiu-se surpresa com a reação dos outros passageiros. Pessoas que provavelmente já tinham viajado com ela inúmeras vezes naquele horário, sem jamais terem trocado um só cumprimento, de repente demonstravam uma atenção especial. A senhora de cabelos grisalhos, que estava ao seu lado no ônibus, viera ao seu encontro pedindo mil desculpas por ter tido o impulso de entregar a sua bolsa ao ladrão:

— Eu agi por instinto — dissera ela. — Vi que o ladrão estava ficando tão nervoso, que temi que ele usasse aquela arma.

"Nela ou em mim?" questionava Priscila agora, sabendo, no entanto, que tinha sido bastante normal a reação da senhora, que ficou o tempo todo solidária, ao lado dela, tentando acalmá-la e repetindo mil vezes o quanto lamentava ter agido daquela maneira.

O senhor do paletó cinza aproximara-se dela segurando um lenço sobre o olho esquerdo e perguntando se ela estava bem. "Ele estava preocupado comigo, quando na verdade deveria ser o contrário", ela concluía tardiamente. "Afinal foi ele que levou um soco para me ajudar!"

Priscila constatou, ao recapitular os acontecimentos, que dentro de uma coisa negativa como aquele assalto, um lado oculto das pessoas tinha vindo à tona. Um lado muito mais humano, que vivia escondido sob uma aparência dura e fria. Dentro do mesmo ônibus, diariamente, a indiferença. Diante do medo, o gesto amigo, a união que insinuava uma velha amizade...

Só agora, depois do repouso, Priscila conseguia perceber esses detalhes, ainda que muito vagamente. As recordações ainda eram confusas e a lembrança do olhar frio do assaltante ainda tinha o poder de apavorá-la.

A madrugada, porém, fora interminável. Priscila não conseguiu relaxar, fechar os olhos, esquecer o incidente. Sua preocupação não era exatamente com a bolsa roubada pois, por sorte, exatamente naquela manhã, ela tinha guardado a carteira com seus documentos na mochila. O ladrão levara apenas algumas moedas, passes e canetas. Sua mãe sentiu-se aliviada ao saber que tudo não tinha passado de um susto. Um grande susto do qual ninguém saíra machucado! Para o seu pai, no entanto, isso não servia de consolo. Preocupava-o saber que esse tipo de coisa estava começando a acontecer na pacata cidade. Seria o rapaz um cidadão desempregado, desesperado para conseguir sustentar uma família, ou um marginal perigoso que passaria a rondar a cidade? Em qualquer um dos casos, não lhe agradava a idéia de que sua filha continuasse a andar sozinha nas idas e vindas da escola. A situação exigia que fossem tomadas medidas drásticas.

—Plínio, não podemos mudar o nosso estilo de vida por causa de um incidente como este — argumentou a esposa, mais tarde. — Isso não acontecerá de novo.

— Quem pode me garantir, Fabiola? — ele disse. — Leia os últimos jornais e constate como a cidade está mudando. Minha filha não ficará à solta por aí, correndo riscos.

— E o que você pretende fazer, querido? Vai contratar um guarda-costas para ela? Você sabe que nenhum de nós pode acompanhá-la em todos os seus compromissos. Isso nem seria bom para a menina. É preciso que ela continue com a sua vida normal.

— Vida normal! Você chama de vida normal uma garota não poder sair da escola e vir para casa em segurança? Esta cidade está deixando de ser segura... Isso não pode continuar assim.

A discussão estava destinada a repetir-se muitas vezes. O pai, extremamente zeloso com Priscila, assumindo atitudes radicais para que ela não corresse nenhum risco, o que, para a mãe, parecia completamente impossível.

— O melhor que temos a fazer agora é dormir — ela sugeriu naquela noite. — Amanhã, com calma, pensaremos em como modificar o trajeto dela, se isso o deixa mais tranqüilo.

Ele, no entanto, inconformado, saiu para falar com o delegado e pedir providências urgentes que garantissem a segurança dos cidadãos e, em especial, de sua filha.

Fabiola tentou fazer com que Priscila relaxasse, porém não obteve o menor sucesso. Viu a filha agitar-se por toda a madrugada. Então, logo cedo, ligou para o médico da família que receitou um leve calmante para que ela descansasse um pouco.

"Não me parece nada leve este calmante, já que fez com que eu dormisse tantas horas"— pensou Priscila, preparando-se para levantar. "E agora? Será que vou ter coragem de sair na rua sozinha?"

Diante dessa pergunta feita para a mãe tão logo saiu do quarto, Priscila ouviu uma série de argumentos do quanto seria importante reagir e enfrentar a vida normal sem medos, coisa que o pai achava impossível. Mas o primeiro impulso de Priscila foi o de ligar para Ricardo e contar a terrível experiência pela qual passara na véspera.

PARTILHANDO

Assim que chegou em casa, Ricardo foi direto para a cozinha. Abriu o pacote ainda fumegante das marmitas de dona Jandira, separou a sua, pegou uma lata de refrigerante na geladeira e foi para a sala. Instintivamente, ligou a televisão e acomodou-se na confortável poltrona de couro para saborear o jantar, enquanto assistia ao noticiário do dia.

Ricardo distraiu-se logo nos primeiros segundos e, embora mantivesse os olhos pregados na tela, seu pensamento viajou no tempo. Detido no passado recente, cheio de alterações em sua vida tranqüila, Ricardo recapitulou cada um dos acontecimentos que tinham feito com que ele decidisse morar com o tio.

Primeiro as discussões freqüentes dos pais, prenúncio de que o relacionamento estava prestes a terminar. Depois, as constantes disputas pela sua guarda. Ficar com ela, ficar com ele. Escolher um deles seria admitir uma preferência, significava tomar partido. Melhor cortar o laço e combinar uma maneira de vê-los esporadicamente. Melhor construir sua vida longe dali, afastado daquele território minado. Mas onde? Sem dinheiro, sem emprego, as coisas se tornavam difíceis.

Então veio o convite de Bira. Informado sobre a separação da irmã, preocupou-se com o destino do rapaz e ofereceu uma terceira alternativa que, se não lhe parecera de todo atraente, era o melhor que poderia conseguir de imediato.

O tio ligara numa segunda-feira. No sábado, Ricardo surpreendeu-se sentado num caminhão de mudança, à direita de um motorista estranho, acenando para uma mulher em prantos, inconformada com a sua atitude:

— Ingrato — ela havia dito. — Você vai me abandonar também.

— Vou cuidar da minha vida, mãe. Quero ser independente e acho que você vai ter que fazer o mesmo. Vamos ter que aprender a levar uma vida completamente diferente. Vai ser melhor para todos — ele dissera num tom de voz que, apesar de convincente, não teve o menor efeito sobre ela.

Ricardo não se deteve um segundo para considerar se sua atitude era justa, injusta ou egoísta. Via diante de si apenas o seu próprio destino. Então, viajou cantarolando. Sentia-se aliviado. Não teria mais que conviver com discussões. Arranjara um bom espaço para morar, um bom emprego e, além disso, conseguira a transferência para a nova escola sem grandes transtornos. Sentia-se abrindo uma página nova na sua história de vida e estava ansioso para ver como seria esta nova etapa.

A cidade onde Bira morava era pacata e muito acolhedora. O cargo assumido na gráfica do tio estava além das suas expectativas, especialmente para um primeiro emprego e, apesar de seu receio de não ser bem recebido pelos colegas, nada disso aconteceu. Seu sorriso franco e a sua vontade de adaptar-se tinham desarmado qualquer sentimento de defesa por parte dos outros. Igualmente, o pessoal do curso noturno da nova escola o recebeu de braços abertos.

Ricardo, de fato, não tinha queixas. Até as refeições preparadas por dona Jandira tinham facilitado a sua vida doméstica, já que vez ou outra, em casa, ele mesmo tinha que ir para a cozinha. Esse método prático do tio solteirão evitava que ele tivesse que encarar uma pia cheia de louças para lavar. Quando muito, alguns copos e talheres.

Se ele soubesse que seria assim, provavelmente teria sugerido essa mudança bem antes da separação dos pais. Sentia que ali tinha algo a ser feito. Sentia que aquele era o lugar onde poderia realizar algo maior. Não sabia exatamente o quê, mas parecia estar prestes a viver alguma coisa quase que impossível de se concretizar em uma cidade grande. Era uma questão de tempo. Conquistar mais amigos, trocar idéias aqui e ali e ver, pouco a pouco, o seu destino sendo traçado por suas próprias mãos.

Esta sensação de liberdade, aliada à sensação agradável do saboroso jantar, deram a ele um profundo bem-estar e a certeza de ter feito a escolha mais sensata de sua vida.

Ricardo vivia, nos seus tenros dezessete anos, uma etapa nova e interessante. Ele chegou a esboçar um sorriso ao relembrar estes fatos. Bons amigos tinham sido facilmente conquistados e uma garota especial tinha entrado em sua vida. Priscila provocara nele uma emoção desconhecida. Não era extrovertida como as garotas que ele conhecia, mas também não era tola, e este misto de ingenuidade e esperteza, insegurança e convicção, causou nele uma impressão muito forte e agradável.

Exatamente no instante em que pensava nela, como transmissão de pensamentos entre pessoas que realmente têm uma grande afinidade, o telefone tocou e ele ouviu a sua voz do outro lado da linha:

— Ricardo? Que bom encontrá-lo em casa — ela falou.
— Você não vai à aula hoje?

21

— Hoje não tive a primeira aula, Priscila. Acabei de jantar e daqui a pouco vou pegar o ônibus.

— Então tome muito cuidado, Ricardo — aconselhou ela, aproveitando a deixa para contar o que lhe acontecera na véspera.

— Puxa, Priscila! Ninguém me disse nada! Por que a sua mãe não me avisou? Eu teria ido até a sua casa.

— Eu passei a tarde inteira dormindo, Ricardo. Não ia adiantar você vir. Mas agora já estou bem. Só tenho medo de sair sozinha.

— Eu vou ajudar você a superar esse medo, Pri. Não acho bom a gente virar vítima desses marginais. Pensei que aqui não acontecesse isso!

— Não acontece mesmo — ela falou. — Bem, pelo menos não acontecia. Mas ele não me pareceu um marginal...

— Marginal ou não, ninguém tem o direito de andar por aí assaltando as pessoas. Você não acha? — Ricardo protestou.

— É. Eu sei. Por isso quero que você tome muito cuidado ao ir para a escola. Ainda mais à noite!

— Fique tranqüila, Priscila. Meu santo é forte. Não vai acontecer nada, nem comigo e nem mais com você. Você vai ver como logo esqueceremos isso.

Os dois se despediram e Ricardo foi pegar um agasalho. Enquanto separava o seu material e fechava a casa, perguntou-se por que as pessoas tinham que viver assustadas e mudar seus hábitos pelo fato de outros se julgarem no direito de resolver seus problemas pessoais às suas custas. Se cada um que precisasse de dinheiro assaltasse o outro, a vida seria impossível. O que lhes dava esse direito? E mais, o que fazia com que eles ficassem à solta para agir livremente nas ruas e suas vítimas passassem a viver amedrontadas e inseguras? Quem fazia o papel de prisioneiro nesta história?

DESAFIOS

Poucos dias depois, Ricardo recebeu um convite inesperado para o almoço. Bira apareceu no seu departamento e, olhando-o por sobre um dos arquivos, perguntou:

— Quer sair para almoçar comigo? Gostaria de lhe mostrar uma coisa.

Ricardo o acompanhou até o carro e ficou curioso pela direção que o tio seguia:

— Para onde estamos indo?

— Você já esteve no clube depois que passou a morar aqui? — Bira perguntou.

— Só uma vez, Bira, e confesso que fiquei decepcionado. Encontrei o clube completamente às moscas.

— Nem parece o mesmo lugar, não é mesmo? — O tio comentou, melancólico. — Quando lembro como era cheio de vida... Quando lembro dos grandes eventos que realizávamos...

— É verdade, Bira. Passei ótimos momentos lá. Eram as festas ao redor da piscina, as competições esportivas, as matinês de carnaval.

— Você fantasiado de Zorro... — o tio começou a rir com a lembrança.

— Essas coisas a gente esconde no fundo do baú, Bira. Não é para ficar lembrando — o sobrinho reclamou. — Mas o que eu me lembro mesmo é de que me divertia muito, especialmente por passar exatamente o período de férias aqui.

— É, você e sua mãe me faziam uma grande companhia durante os meses de férias. Quem sabe agora, com você morando aqui, ela não volte a passar uns tempos conosco!

— Foi lá no clube que fiz minhas melhores amizades — Ricardo continuou recordando. — Pena que ninguém mais freqüente o clube. Agora é bem mais difícil a gente se ver.

— Faz falta um ponto de encontro entre amigos, não é mesmo? — Bira comentou. — Eu também encontrava um pessoal muito animado lá. Sem o clube, a cidade parece ter ficado ainda mais pacata.

— Nem tão pacata assim — Ricardo lembrou. — Soube do assalto na linha 260?

— É, ouvi falar a respeito. — Bira afirmou. — A sua namorada estava no ônibus, não é mesmo?

— Estava e ficou muito assustada — Ricardo comentou. — Talvez impressionada além da conta, mas eu não posso falar nada, já que nunca passei por situação semelhante.

— É. Não deve ser fácil, Ricardo. Especialmente para quem mora em uma cidade como a nossa. Depois, você não pode esquecer que as pessoas assaltadas sempre são apanhadas de surpresa. Não adianta nem mesmo ensaiar qualquer atitude para prevenir-se nesses casos. Na hora temos reações inesperadas.

— Eu sei, Bira. A Priscila, por exemplo, entrou em pânico e virou estátua, o que deixou o assaltante ainda mais irritado.

— Na certa ele também estava nervoso. E, nessas horas, ninguém pode prever o que acontecerá — Bira comentou. — Tomara que isso não vire rotina.

— Mas, quanto ao clube, Bira. O que aconteceu para que as coisas mudassem tanto?

— Má administração, creio eu. Falta de verba... Acho que uma coisa leva a outra...

— Como assim? O pessoal, sem encontrar nada de interessante, deixou de freqüentar?

— Deixou de pagar, principalmente. Aí, sem dinheiro, não deu para oferecer nada de interessante. Então, sem nada interessante, as pessoas deixaram de freqüentar... É um círculo vicioso.

— Entendo — Ricardo comentou. — Agora, para tirar do buraco, tudo fica mais difícil.

— Se não impossível — Bira disse, enquanto estacionava o carro debaixo de uma árvore.

— As coisas estão ruins mesmo por aqui — observou Ricardo. — Eu me lembro de tudo tão colorido, pintura sempre nova, canteiros bem cuidados...

— Venha ver aqui dentro. A gente come alguma coisa na cantina e anda por aí — Bira sugeriu.

— E ainda tem cantina, por acaso? — Ricardo duvidou.

— Um barzinho — melhor dizendo. — Mas deve ter pelo menos pão com queijo para servir.

— E foi para este almoço que você me convidou, Bira? Francamente!

— Quero trocar algumas idéias com você. Vamos entrar.

Os dois caminharam em silêncio em direção à portaria. Passaram sob a marquise que sustentava o enorme *deck* da piscina, um lugar que antes parecia ser majestoso e agora nada mais tinha além das pastilhas descascadas que lembravam vagamente o antigo mosaico. Em seguida, passaram pelas catracas, antes apinhadas de gente.

— Lembra-se do meu sobrinho, Raul? — Bira gritou para o porteiro que nem sequer precisava mais manter-se a postos e se distraía com a única mesa de bilhar que sobrara no salão lateral.

— Claro que sim. Ele esteve aqui um dia desses. Está um homem! — respondeu Raul, alegremente.

— Vou dar um giro com ele por aí — Bira avisou, enquanto caminhava.

— Fique à vontade, "seu" Bira. O senhor manda! A casa é sua!

— A casa é sua? — Ricardo falou. — Isto significa que você vai assumir a presidência do clube?

— Você já ouviu falar em presidente de coisa nenhuma? — Bira perguntou. — Pois é assim que me sinto. Veja só em que abacaxi foram me meter.

— Pois eu continuo achando a idéia boa, Bira! — entusiasmou-se Ricardo. — Só alguém que ama o clube como você pode fazer com que ele volte a funcionar como antes!

— Eu amava um clube que não existe mais, Ricardo. Isto aqui é uma miragem! — disse ele, girando sobre os calcanhares e caminhando em direção à cantina.

Os dois se acomodaram numa mesa próxima ao balcão e escolheram um lanche no pequeno cartaz que oferecia apenas três opções: queijo, presunto, queijo e presunto.

—Por aí você vê em que situação está este clube — Bira comentou . — Aqui você encontrava uma comida maravilhosa. Dá até desânimo...

— Você vai ter que começar do zero, Bira. Como se este fosse um clube novo.

— Acho que será ainda mais difícil, Ricardo. Se o clube fosse novo, as pessoas estariam ansiosas por conhecê-lo. Na situação em que se encontra, no entanto, vai ser difícil convencer alguém a voltar para cá.

— Então finja que ele é novo! Remodele tudo! Dê até um novo nome, se for preciso... — Ricardo sugeriu.

— Remodelar com que dinheiro, filho?

— É. Com que dinheiro... — Ricardo repetiu, pensativo, enquanto dava a primeira mordida no seu lanche.

Logo depois, os dois deram um passeio pelo clube. Tudo parecia frio e triste. O local, antes considerado o grande charme da cidade, ponto de encontro das famílias mais tradicionais, agora não era nem a sombra dos áureos tempos. Não que propriamente estivesse destruído.

A construção tinha cerca de trinta e cinco anos e permanecia firme. Porém, tudo lembrava o abandono. A pintura precisava ser refeita, as grandes tábuas do assoalho do salão de estar precisavam ser completamente restauradas, os tacos dos dois enormes salões de festa estavam grossos e escuros pela falta de limpeza, muito deles precisando ser colados. Tudo tinha um aspecto envelhecido e sujo. Os móveis eram poucos. Dois sofás e algumas cadeiras antigas. Não havia mais os vistosos lustres que costumavam enfeitar os grandes bailes. Não havia mais cortinas, tapetes ou quadros. Dava uma certa tristeza olhar para aquilo, pois a lembrança de algo muito mais vivo e colorido permanecia na mente de cada um deles.

Lá fora, na enorme varanda, Bira e Ricardo observaram a área da piscina. Talvez, em função do dia maravilhoso e do sol intenso refletido na água, aquele setor não tenha lhes desagradado tanto. O amplo *deck* de madeira, contudo, pedia uma restauração, bem como o jardim, agora quase inexistente. Do outro lado, as quadras exibiam seus pisos completamente danificados e o mato invadia qualquer espaço disponível.

— Você percebe, Ricardo? — Bira comentou. — Tudo é uma questão de ter verba para reabrir o clube e torná-lo atraente. Não chega a ser uma reforma completa, mas uma coisinha aqui, outra ali, você sabe, acaba custando caro.

— Eu sei, Bira. Só para mobiliar o salão como antigamente já vai custar uma nota.

— Eu pretendo ir por partes. Por urgências. Restaurar

o piso, a pintura, tornar o ambiente claro e limpo me parecem ser prioridades. A decoração eu faria aos poucos, depois de conseguir o básico para que as pessoas voltem a freqüentá-lo.

— E será que o pessoal volta a pagar as mensalidades? — Ricardo lembrou.

— Se eu oferecer algo em troca, um lugar agradável, acho que eles não se importarão em pagar. Pensei em anistiar todos os sócios antigos que estão em débito, mas não vai ser possível.

— Por que não?

— Primeiro, porque alguns efetuaram todos os pagamentos e não seria justo dar o privilégio justamente para quem não cumpriu com suas obrigações. Segundo, porque o clube precisa muito desse dinheiro. Estou pensando seriamente em renegociar o débito de cada um dos sócios. Pretendo convocá-los individualmente para fazer algumas propostas.

— Enquanto isso, a gente pensa em alguma coisa para reinaugurar o clube. Deve haver uma maneira de atrair as pessoas de volta.

— É aí que você entra, Ricardo. Estou completamente sozinho nessa empreitada. Vou ter que formar uma equipe com funções bem definidas. Mas pretendo atrair a juventude para cá o quanto antes. Você não gostaria de assumir essa incumbência?

— Eu? Logo eu, que nem sou da cidade? Acho que ninguém vai aceitar uma coisa dessa!

— Pois eu acho que aceitarão facilmente, Ricardo. Até porque não acredito que alguém se interesse em assumir essa responsabilidade. Depois, já que estamos juntos o tempo todo, poderemos trocar muitas idéias.

— Não sei nem por onde começar, Bira. Nunca liderei nada na vida — Ricardo confessou, não escondendo, porém, um certo entusiasmo pelo desafio.

— Não é liderar. É conversar com a moçada, pedir sugestões... Enfim, isso é muito mais fácil para você que vive ao redor deles e fala a mesma língua.

— Pois eu não estou bem certo disso — Ricardo duvidou, mas ainda brincou. — E o que eu ganharei com isso, Bira?

— Por enquanto, só experiência. Mas já é alguma coisa.

— Experiência ou dor de cabeça? — Ricardo insistiu.

— Acho que um pouco de cada. Mas, ainda assim, é uma proposta interessante, não acha?

Diante do silêncio do sobrinho, Bira pediu:

— Pelo menos pense a respeito, certo? E agora, vamos indo para a gráfica porque a nossa hora de almoço acabou faz tempo.

— Ora, Bira. Você não tem que se preocupar com isso. Você é o patrão! — Ricardo admirou-se.

— Justamente por isso. Eu tenho que dar o exemplo.

Ou você não sabe que em qualquer tipo de liderança, quem quiser ser respeitado tem que ser o primeiro a andar na linha? — Bira respondeu, caminhando rapidamente.

— Só você mesmo pra ser assim tão perfeito... — Ricardo resmungou, seguindo-o.

Os dois desceram a escadaria que, na lembrança de Ricardo, parecia ser imensamente maior, e dirigiram-se ao estacionamento. Ao sair, cruzaram com um dos mais antigos sócios, o Sr. Durval, a quem Bira dirigiu um aceno.

— Este foi o único sócio que permaneceu fiel ao clube, Ricardo. Passa quase que todas as tardes aqui lendo o seu jornal ou um livro. O clube inteiro parece existir unicamente em função dele.

— Deve viver sozinho — Ricardo opinou.

— Isso mesmo. É um homem sozinho. Professor aposentado, viúvo, talvez este seja seu único passeio, um lugar mais agradável do que a solidão de seu apartamento. Mas será que outros voltarão a sentir algum prazer por estar aqui?

— Por que não, Bira? Acho que vai levar um tempo, mas você não me parece alguém que se conforme com derrotas — Ricardo tentou animá-lo, enquanto o carro se afastava e o clube desaparecia na curva.

RENOVAR É PRECISO

Depois dessa visita, Bira se dividiu entre a gráfica e o clube. Na própria gráfica, imprimiu alguns panfletos e cartazes anunciando a sua reabertura para breve. Preferiu a princípio não estabelecer datas. À medida que negociava com os sócios devedores e recebia as primeiras parcelas de pagamento, contratava mão-de-obra para a restauração do piso e da pintura.

Dois meses se passaram até que ele pudesse sentir um pequeno orgulho pelos resultados obtidos. O visual do clube já lhe parecia bem mais agradável. As cores escolhidas para as paredes tinham dado um efeito todo especial aos ambientes, ora de amplidão, ora de aconchego.

Os salões tinham ficado com as paredes bem claras, para aumentar a luminosidade dada pelas novas luminárias. O piso recuperara parte do seu brilho. Com um pouco mais de trato, ficaria como novo. As quadras tinham sido consertadas e novas tabelas e redes tinham sido colocadas. Os banheiros, impecavelmente limpos, funcionavam perfeitamente depois da pequena revisão hidráulica. Mas a parte de que Bira mais gostava era ainda a piscina, cuja pintura em vários tons de azul produzira um efeito harmonioso. O jardim precisava de algum tempo para florir, mas a terra vermelha e fofa já lhe dava um ar de coisa bem-cuidada.

Bira estava satisfeito com o trabalho realizado. Na verdade gostaria de acelerar todo esse processo, mas sabia não ser possível. Tempo e paciência faziam parte da receita ideal. E dinheiro, muito dinheiro, ele sempre fazia questão de frisar. Era condição imprescindível para administrar alguma coisa com êxito.

Durante as reformas, Ricardo não pôde nem mesmo freqüentar o clube, portanto, nada fizera com relação à solicitação de Bira, a não ser rabiscar algumas idéias no papel e conversar muito com a namorada.

Priscila ficara muito entusiasmada ao saber que o clube seria reinaugurado e que ela poderia colaborar de alguma maneira. Já fizera uma lista de coisas que pretendia sugerir tão logo os jovens estivessem reunidos na sede.

— Vai ser bárbaro, Ricardo! — ela dizia. — Nós poderemos criar um lugar nosso onde sejamos donos do nosso próprio nariz. Muito legal o seu tio ter deixado você assumir isso sozinho!

— Não é sozinho — Ricardo corrigiu. — Ele vai estar por trás, espionando para ver se não cometo nenhuma loucura.

— Ora, Ricardo, ele deve saber muito bem que se o ambiente não for livre, leve e solto, não atrairá jovem nenhum.

— Livre, leve e solto... — Ricardo repetiu. — Tem uma música que fala alguma coisa parecida, você lembra? — ele perguntou, enquanto colocava o braço nos ombros dela, puxando-a para perto de si. — Você acha que a coisa funciona assim, Priscila? Livre, leve e solta?

— Claro! — ela foi categórica. — Sem pressão! Deixando que todos participem, dêem suas opiniões, enfim, sintam-se parte daquilo. Aí, sim, o clube será um sucesso!

— Estou gostando de ver o seu entusiasmo — ele comentou. — Você andava um pouco estranha ultimamente. Parecia que não se livraria do trauma.

— Vez ou outra ainda pulo na cama, assustada — ela comentou. — Mas a minha mãe diz que se eu não reagir e não lutar contra isso, vou virar uma eterna vítima. Estou procurando me controlar...

— Isso é muito bom. Talvez essa ocupação toda com o clube faça bem a você. Gente ocupada não pensa besteira, não é verdade?

— Se você diz... — ela concordou. — Estou mesmo animada em ver o pessoal reunido. Vou gostar de participar disso.

— Então está convocada desde já. Teremos muito trabalho pela frente — Ricardo avisou.

E foi com essa disposição que, dias depois, Ricardo marcou a primeira reunião com os jovens sócios do clube. Com os pagamentos praticamente em dia, carteirinhas atualizadas, todos receberam um convite — jamais uma convocação — para a primeira reunião da Ala Jovem — título dado provisoriamente, já que Ricardo estava convencido de que tudo tinha que ser discutido e aprovado por todos.

NO CALOR DA AMIZADE

Priscila terminou de escovar os longos e sedosos cabelos castanhos, examinou-se no espelho e consultou o relógio. Estava quase na hora da reunião no clube e ela ainda tinha prometido passar na casa de Eugênia. Tinha certeza de que, caso não fosse buscá-la pessoalmente, a amiga faltaria na reunião.

Priscila achava estranha a maneira como Eugênia vinha agindo nos últimos meses. Coincidência ou não, tinha notado o seu comportamento diferente exatamente depois da última visita de Sheila. Prima de Eugênia, Sheila costumava passar quase todas as férias escolares em sua casa. Na verdade, tinha desaparecido por uns tempos e surgido no verão anterior, cheia de novidades e novos talentos, se é que Priscila podia dar esse nome aos encantos da menina.

Sua chegada tinha sido uma bênção para os rapazes e um verdadeiro martírio para as garotas, já que nenhuma delas conseguiu ter a atenção deles, embevecidos pela transformação que Sheila demonstrava. Uma transformação, diga-se de passagem, extremamente favorável, na opinião de Priscila e insuportavelmente favorável, na opinião de Eugênia.

Enquanto caminhava pela calçada estreita em direção à casa de Eugênia, Priscila recordou o impacto causado pela chegada de Sheila. Ela tinha partido menina e voltado mulher. Uma mulher que, a contragosto, todas tiveram que admitir, era bem atraente. Cabelos brilhantes, olhos profundos, voz aveludada, corpo bem-feito, dentes perfeitos, sorriso estonteante... esses eram apenas alguns dos inúmeros elogios citados interminavelmente pelos rapazes. Não foi difícil constatar que todos tinham ficado vidrados na garota. Até mesmo Ricardo, que na época tentava uma aproximação com Priscila, tinha deixado evidente não ter ficado imune à aparição da deusa.

Se a presença de Sheila tinha tirado a paz de todas as garotas do bairro, fez um estrago ainda maior com a pobre da Eugênia, que abrigou dentro de sua própria casa a mulher fatal. Campainhas e telefonemas eram todos destinados à Sheila, que comentava alegremente o quanto estava envolvida pelo charme de Estêvão, outro visitante habitual das férias. E Estêvão era exatamente o garoto por quem Eugênia nutria uma antiga e aparentemente incurável paixão.

Para piorar o quadro, Eugênia, que não tinha tantos encantos à mão dos quais pudesse dispor facilmente, tinha ficado tão abalada com o sucesso da prima que se tornara ainda mais retraída e calada. "Insignificante" seria um adjetivo bastante apropriado para classificar a figura que Eugênia assumira desde então. O fato é que Sheila tinha ido embora, mas as conseqüências de sua presença na vida da prima pareciam ainda estar bem vivas. Era exatamente nisso que Priscila pensava quando viu Eugênia, que já a esperava na porta com o comentário:

— Sabe como o meu irmão avisou que você estava vindo? "Aquela sua amiga do cabelo grande está chegando".

— Amiga do cabelo grande? — Priscila espantou-se. — E o que ele tem a ver com o tamanho do meu cabelo? Posso saber?

— Não liga, não. Ele é criança... — Eugênia falou sorrindo, enquanto a puxava pelo braço para dentro de casa. — Foi o modo que ele arranjou para te identificar melhor...

— Ele podia falar o meu nome — Priscila reclamou. — Aí ficaria muito mais simples...

— Ora, Priscila. Podia ter sido pior! — Eugênia divertiu-se. — Ele podia ter falado: aquela sua amiga cabeluda, ou então, aquela sua amiga gorda...

— Gorda? Eu? — Priscila não gostou do comentário. — Pois saiba que aqueles dois míseros quilos que eu ganhei nas férias já foram embora faz tempo!

— Tá bom... — Eugênia falou. — Faz de conta que eu acredito. Mas agora senta aí na minha cama que eu ainda tenho que trocar de roupa.

— Trocar de roupa para que, Eugênia? Está legal assim — Priscila avisou. — Não podemos atrasar para a reunião.

— Reunião... — resmungou Eugênia, enquanto tirava alguns cabides dos armários. — Para que a gente precisa disso?

— Para resolvermos juntos o que vamos fazer de útil no clube — Priscila explicou.

— Um clube é apenas um clube — protestou Eugênia. — A gente só tem que ir até lá curtir o que os outros tiveram o trabalho de organizar. Não é para isso que são pagos?

— Não precisa ser assim. Melhor é você ter a oportunidade de participar das decisões. Dar palpites, sugestões. Aí fica muito mais fácil agradar a todo mundo — Priscila ensinou.

— Pois você quer saber quando é que alguém consegue agradar a todo mundo, Priscila? Nunca. Nunquinha...

Sempre tem alguém que torce o nariz. Aliás, o único caso de unanimidade que eu conheço chama-se Sheila... — Eugênia completou, desanimada.

— Isso lá é verdade. Nunca vi ninguém torcendo o nariz para sua prima — Priscila concordou.

— Mas não vamos lembrar deste assunto — Eugênia falou. — Veja se esta roupa está boa... O que acha?

— Está linda de morrer! — Priscila comentou, sem nem mesmo prestar atenção. — Vamos logo que eu não posso me atrasar.

— Não pode?

— Não quero — Priscila corrigiu, já imaginando o sermão que enfrentaria caso admitisse que estava preocupada mesmo era que Ricardo se zangasse com ela.

— Sai dessa de mulher submissa, hein, menina! — a amiga aconselhou, olhando-se no espelho. — E como você tem coragem de dizer que eu estou linda de morrer, sua falsa? Eu estou horrível!!!

— Não começa outra vez com isso, Eugênia. Você e esse seu complexo de feiúra também me cansam — Priscila falou, empurrando-a para fora do quarto.

Eugênia parou no corredor, colocou as mãos na cintura, encarou Priscila e falou:

— Não é complexo, Priscila. É um fato. Olha bem para mim e diga o que vê de bonito por aqui. E vou logo avisando... a alma não vale!

— Vamos acelerar, Eugeninha? Já falei que não quero me atrasar para a reunião — Priscila fugiu do assunto, sem saber exatamente o que admirar na amiga.

PRIMEIROS CONTATOS

A reunião, que estava marcada para as dezoito horas e trinta minutos, começou com quase duas horas de atraso. Cumprir horários parecia não ser o forte daquela turma. Além disso, mais meia hora foi gasta para conseguir um silêncio razoável para que Ricardo pudesse começar a expor o seu plano.

Quase aos berros, ele explicava:

— Vamos tornar este clube o nosso ponto de encontro. Estão todos convidados a participar. Teremos liberdade para agir e usar o nosso espaço da maneira que mais nos agradar...

O discurso seguia a linha mais liberal possível. Não haveria líderes, não haveria regras. Apenas o bom senso, o companheirismo, a vontade de criar um espaço ideal... Diante de uma platéia completamente indiferente, porém muito ruidosa, Ricardo continuou expondo o seu plano. Acreditava que por não estar exigindo absolutamente nada do grupo, não haveria resistência alguma. Queria apenas que todos vissem o clube como seu ponto de encontro e que lá se sentissem à vontade.

Bira ouviu parte do discurso e balançou a cabeça de um lado para outro, antes de afastar-se do salão. Sabia que os jovens eram idealistas, porém sentia que o sobrinho estava sendo ingênuo demais. Será que conseguiria realizar este milagre? Conseguiria a colaboração de todos? Enfim, tinha prometido dar-lhe a oportunidade de conduzir as coisas à sua maneira. Precisava esperar para ver. Não teria mesmo tempo nem condições de assumir tudo sozinho.

Quando o pessoal começou a demonstrar algum interesse pelo que Ricardo falava, Bira já estava distante. Foi a própria Priscila, com intenção de ajudar o namorado, que fez a pergunta:

— Ricardo, dá para você explicar melhor o que pretende que a gente faça? A maioria das pessoas acha que basta vir para o clube e encontrar tudo programado...

— Eu sei disso, Priscila. Acontece que não existe, no momento, alguém que possa programar eventos para nós e, além disso, o Bira acredita que se nós mesmos definirmos o que pretendemos do clube, as coisas funcionarão melhor.

— Mas ninguém tem tempo para isso, Ricardo — protestou Gil. — Todos nós estudamos, muitos trabalham...

— Justamente por isso é que estamos reunidos aqui, Gil — Ricardo lembrou. — Eu gostaria de saber quem está a fim de participar, ou pelo menos quem tem tempo para isso.

— Tempo para fazer exatamente o quê? — Eugênia perguntou.

— Para descobrir o que o pessoal quer fazer e organizar as coisas de modo a agradar a todos. Podemos realizar bailes, competições... O espaço está aberto para nós — Ricardo avisou.

— É melhor partir logo para as competições esportivas — Lucas observou.

O comentário causou certo tumulto entre eles. Parte discordava inteiramente, parte aplaudia. Ricardo precisou insistir para que eles falassem cada qual de uma vez.

— Silêncio, pessoal — ele pediu. — Com esta conversa cruzada não vai dar para a gente se entender.

— E quanto ao nosso espaço? — Cibele quis saber. — Teremos um lugar só para nós?

— Não sei responder exatamente, Cibele. Mas posso verificar com o Bira se ele pretende reservar pelo menos uma sala para nossos encontros — Ricardo falou.

— Eu acho que não teremos canto nenhum — Valter opinou. — Meu pai também faz parte da diretoria e não comentou nada.

— De qualquer maneira, acho que posso verificar sobre isso — Ricardo falou, enquanto fazia uma anotação num caderno. — Eu acho que seria muito bom termos pelo menos uma sala nossa.

Novo tumulto de apoios e protestos se fizeram ouvir até que alguém falou mais alto:

— Mas qual é o seu papel nessa história toda, Ricardo? Quem foi que decidiu que você seria o manda-chuva?

— Não serei manda-chuva de nada, Cafu! — Ricardo foi logo avisando. — Vocês podem ficar sossegados quanto a isso. Se pretendesse dar ordens, não teria chamado todos vocês aqui, concordam?

— Não tem nada a ver você ficar aí dando uma de líder, cara! — endossou Rodrigo.

— Esse risco vocês não correm — Ricardo insistiu. — A idéia do Bira é exatamente deixar todo mundo muito à vontade. Ele só quer que o clube volte a funcionar como antigamente.

— Meu pai diz que isso aqui era o máximo — comentou Clarisse. — Só que, por enquanto, não estou vendo muita graça neste museu... digo, clube.

Todos deram risada com o comentário de Clarisse e se puseram a falar alto, tumultuando mais uma vez o encontro.

— Dizem que as festas eram de arrasar! — falou Cibele.

— As competições faziam a cidade inteira torcer muito. Até apostas as pessoas faziam! — contou um rapaz.

— Isso aqui era o maior agito! Bem... pelo menos na concepção deles — comentou outro.

— Vai ver que tudo não passa de imaginação. Coisa de quem está ficando velho... — falou um terceiro.

Ricardo, diante da confusão, teve que falar mais alto, bater palmas e atrair a atenção do grupo.

— Pessoal, pessoal... Atenção aqui, por favor... Assim não dá...

Até que todos se acalmaram e lhe deram ouvidos.

— O negócio é o seguinte — Ricardo falou. — Gostaria que todos vocês trouxessem suas sugestões e dissessem como podem colaborar. A gente marca novo encontro para discutir o que fazer e como. Está bem assim? Podemos marcar para a próxima sexta-feira... digamos, no mesmo horário?

Todos concordaram e começaram a se movimentar em retirada. A primeira reunião tinha chegado ao fim e Ricardo estava cheio de esperanças de que as coisas prosseguiriam dessa forma, com o entusiasmo e a participação de todos. Satisfeito, ele aproximou-se de Priscila e comentou:

— Não falei que as coisas tinham que funcionar assim? Liberdade para todos. Sem pressão, o pessoal faz as coisas com mais vontade e entusiasmo. Tenho certeza de que eles virão com mil idéias!

— E, enquanto isso, nós fazemos o quê? — ela perguntou.

— Ora, Pri. O mesmo que eles. Pode pôr a cabeça para funcionar e dar os seus palpites.

— Ah, bom — ela comentou. — Ia ser muito chato só ter que ficar ouvindo as idéias dos outros... Até já andei bolando algumas coisinhas...

— Pois eu não quero nem pensar no que você é capaz de inventar, Pri — disse ele, sorrindo e passando as mãos em seus cabelos.

ESTRANHOS CONTATOS

Nem mesmo realizando o seu trabalho metódico na gráfica, Ricardo percebia o quanto é importante manter as coisas dentro de uma certa ordem. Evidentemente, ele não poderia comparar aqueles papéis inertes, arquivados dentro de critérios rígidos, com os seres humanos. Seres humanos são impulsivos, imprevisíveis, jamais estáticos. No entanto, a sua concepção de liberdade total poderia, vez ou outra, ver-se questionada diante daqueles fluxogramas de papéis que ele tinha que conhecer de cor e aplicar no seu dia-a-dia. Isso não acontecia. Ordem parecia ser uma coisa necessária apenas para objetos inanimados. Para seres humanos, Ricardo acreditava muito mais na liberdade de ação.

Com a mesma cautela de sempre, Ricardo encerrou seu expediente trancando os seus arquivos e fazendo as últimas anotações na agenda para o dia seguinte. Despedindo-se apressadamente dos seus colegas, Ricardo desceu as escadas e alcançou a rua, desviando depois o seu trajeto diário para passar na casa de Ronaldo.

— Seu amigo está lá no quarto, completamente envolvido pelo seu computador, como sempre — disse dona Claudete, sem esconder uma certa preocupação com a mais recente paixão do filho.

Ricardo subiu as escadas e, pela fresta da porta do quarto, pôde ver o amigo. Manteve-se imóvel por alguns minutos e, praticamente prendendo a respiração para não fazer ruído, observou-o. Ronaldo estava diante do computador e seus olhos, embora fixos na tela, expressavam um misto de encanto e satisfação. Em certos momentos, ele parecia estar mesmo sorrindo. Ricardo, então, não se conteve, abriu a porta brusca e ruidosamente e entrou no quarto, gritando:

— ACUSADO POR MANTER CONVERSAÇÃO EXPLÍCITA COM UM SER INANIMADO!

Ronaldo, apanhado de surpresa, levou tamanho susto que quase caiu da cadeira. Sua primeira reação foi de completa ira:

— SEU CRETINO! QUASE ME MATA DE SUSTO!

Ricardo não se controlou. Desatou a rir sem parar, deixando o amigo ainda mais furioso:

— PÁRA COM ISSO, IDIOTA! NÃO SABE QUE TEM QUE BATER NA PORTA ANTES DE ENTRAR?

— Você fez uma cara, Ronaldo! Eu vou morrer de tanto rir! — dizia Ricardo, contorcendo-se na cama.

— CAI FORA, CARA! — Ronaldo, protestava, completamente irritado. — NÃO VÊ QUE EU ESTOU OCUPADO?

Mas seus protestos de nada adiantaram, de modo que ele apenas digitou mais alguma coisa no teclado e desligou o aparelho.

— Está satisfeito agora, meu? Você acabou de cortar meu barato! — Ronaldo falou.

Ricardo ainda ria muito e teve que dar um tempo até conseguir falar:

— Meu, você estava com uma cara de tacho diante

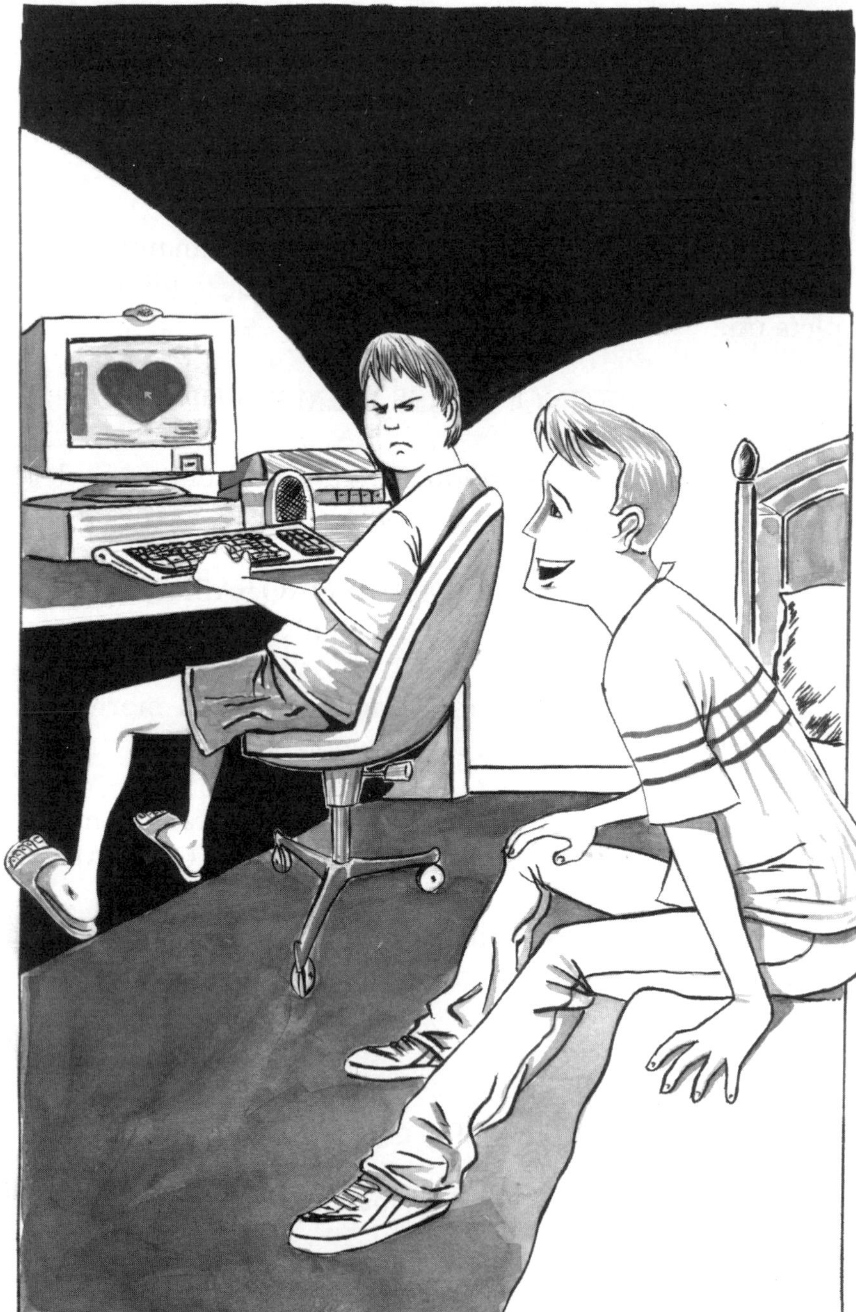

dessa tela! Foi muito engraçado! Parecia que você estava vendo uma menina!

— Pois saiba que era exatamente isto que eu estava fazendo. Você cortou o meu melhor papo com uma garota — Ronaldo protestou.

— Garota? — Ricardo duvidou.

— É. Conheci uma tremenda gata via Internet e a gente está pra lá de amarrado! Você cortou um dos meus melhores momentos com ela, cara. Eu devia trucidar você!

— Melhores momentos? Com ela? — Ricardo espantou-se ainda mais. — Você só pode estar brincando... Cadê a mina? Você conversa com uma garota via computador?

— Claro, seu ignorante! Vai me dizer que não sabe que dá para fazer isso?

— Claro que eu sei... — falou, Ricardo, sem entender exatamente como a coisa funcionava.

— Você não entende nada de computação, não é, cara? Pois não sabe o que está perdendo. É a melhor maneira de conhecer uma porção de gatas.

— Entendo, sim... É que os computadores da gráfica não têm essas tralhas todas que você colocou no seu — Ricardo tentou explicar.

—Você está por fora, meu! — Ronaldo esnobou. — Estou conhecendo cada garota... E essa Valéria, meu... é demais!

— Como você pode saber?

— Ela já me mandou a descrição dela. E depois, ela tem umas idéias, um papo!

— Ronaldo, larga a mão de ser bobo! — Ricardo começou a ficar sério. — Vai me dizer que você perde o seu tempo com uma garota que você nem conhece pessoalmente?

— Ela é uma gata. Dá pra sentir isso pela telinha, meu...

— Não posso acreditar, Ronaldão. *Sentir* pela telinha? Isso não existe! Agora sim posso entender a cara de besta que eu vi quando entrei aqui. Você estava com cara de apaixonado! Uma cara de palerma...

— Palerma é você! Quem interrompe uma coisa dessas é que é um tremendo palerma! Ronaldo revidou. — Estou no maior papo com essa menina... Logo vamos nos apresentar.

— Ela é da cidade?

— Não, mas vamos trocar fotos, depois marcar um encontro... Tudo tem seu tempo. Estou curtindo demais esta fase para interromper nosso relacionamento. Não quero me precipitar.

— Relacionamento... Que relacionamento, Ronaldão? — perguntou Ricardo incrédulo.— Você está namorando com um computador! Só pode ter ficado maluco!

— Eu sei o que estou fazendo, Ricardo. Eu sinto que as coisas estão esquentando... Vai ser muito legal conhecer esta garota profundamente.

— Esquentando? — Ricardo duvidou. — Só se for a tomada, meu! Pode ser tudo papo furado dela. Ela pode estar blefando, não pode?

— Por que faria isso?

— Para se divertir às suas custas! Ela pode ser velha, feia e desdentada. Pode ser até um marmanjo tirando uma da sua cara...

— Sem essa, meu! A gente combinou de ser franco um com o outro — Ronaldo defendeu-se.

— Franco? Vai me enganar que você não contou nenhuma mentirinha para ela? — Ricardo provocou.

— Bem... só o nome — Ronaldo confessou. — Nesse negócio de Internet não convém você se identificar logo no início. E agora que já nos conhecemos bem, ainda não surgiu a oportunidade de contar quem eu sou de verdade...

— Só isso você escondeu? — Ricardo insistiu.

— Isso e a idade... Achei melhor falar que tinha vinte anos, já que ela tem dezenove... Se eu contasse que ainda nem fiz dezoito, talvez ela não se interessasse pela minha conversa.

— E você acredita que ela não contou mentira nenhuma? Só você já contou duas... — Ricardo falou.

— E por que ela mentiria? Foi ela quem se identificou primeiro. Eu só alterei um pouquinho os meus dados para combinar mais com ela... Só isso. Quando chegar a hora eu conto a verdade.

— Tá bom... — Ricardo resmungou. — Eu vou mesmo acreditar que você foi muito fiel na sua descrição... Você deve, no mínimo, ter invertido as suas medidas de ombros e abdômen. Estreitou o que anda largo e alargou o que é estreito... Detalhes insignificantes... que farão com que a garota, ao te conhecer, saia correndo... — Ricardo atacou.

— Não vai sair correndo, porque então já estará caidinha por mim — Ronaldo falou, convencido. — O meu poder de sedução está nas palavras.

— Você acredita mesmo nisso, panaca?

— Claro! Você não viu as coisas que ela já me escreveu! Esta garota está no papo, cara!

— Apaixonada, você quer dizer... — Ricardo considerou. — Apaixonada pelo cara que ela *imagina* estar do outro lado da linha, assim como você está caidaço pela mina que *imagina* estar do lado de lá. Isso é loucura... Só pode!

— É um barato, Ricardo — Ronaldo assegurou. — Foge completamente da rotina desses nossos namoricos bobos.

— Mas e os beijos, os amassos, como é que ficam? — Ricardo continuava completamente incrédulo.

— Por enquanto não entram na jogada. O que importa agora é que o nosso papo é super cabeça!

— Pode ser cabeça e totalmente mentiroso — Ricardo avisou. — Você pode estar apenas perdendo o seu tempo com uma menina que não existe... Eu prefiro mais uma gata de carne e osso, meu. Estou fora dessa jogada tecnológica.

— Uma grande jogada, cara... Um grande lance! — Ronaldo não se deixou convencer pelos argumentos de Ricardo... — Mas, afinal, o que você veio fazer aqui, além de estragar meu namoro?

— Vim chamar você para irmos até a casa do Clóvis. Achei que podíamos bolar alguma coisa para agitar o clube. O Clóvis é cheio de idéias...

— Que tipo de coisa, cara? Um velório? Aquilo lá está jogado às traças!

— Por isso mesmo. Temos que agitar aquele cemitério... — Ricardo demonstrou seu desespero.

— Está certo... Você já acabou com meu romance mesmo...— Ronaldo reclamou mais uma vez. — Vamos ver o que o nosso amigo tem para sugerir, apesar de eu achar que as idéias daquele cara são completamente malucas...

— Diante do que vi aqui hoje, garanto que mais maluco do que você ele não é — Ricardo comentou. — E além do mais, um pouco de maluquice não vai fazer mal ao clube numa hora dessas. Eu é que não vou saber agitar aquilo. Acho que sou pacato demais...

— Concordo plenamente, cara... Um sujeito que ainda não se relaciona via Internet...

— Sai fora, Ronaldo! Nesse caso, prefiro viver à moda convencional. Namoro via cabos de telecomunicações... nem pensar — Ricardo reforçou seu ponto de vista, enquanto acompanhava os largos passos do amigo na calçada.

AMARGA VINGANÇA

— A Eugênia está? — perguntou uma voz do outro lado da linha.

— Quem quer falar com ela? — Eugênia respondeu, friamente, sem reconhecer a voz.

—A Priscila.

—Pois você já está falando — Eugênia acabou identificando-se.

— E por que não disse logo? — Priscila perguntou, mal-humorada.

— Um certo mistério faz parte do meu charme — falou Eugênia, demonstrando, aquela tarde, estar com um ótimo humor.

— Quer ir ao cinema comigo? — Priscila perguntou.

— Ihhhh! Está me estranhando, garota?

— Estou falando sério, Eugênia. Preciso sair de casa de qualquer jeito, senão vou bater no Ricardo assim que ele cruzar o meu caminho!

— Ora, ora, ora... Mas o que foi que aconteceu com a minha amiga apaixonada? Brigou com o príncipe? — Eugênia ignorava a irritação de Priscila.

— Ainda não — ela avisou. — Mas vou brigar. Por isso não quero que ele me encontre em casa quando resolver lembrar que eu existo.

E, então, desfiou seu rosário de lamentações. O trabalho consumia todo o tempo e o pensamento de Ricardo. O clube agora só tinha aparecido para prejudicar ainda mais. Ele vivia ocupado. Não tinha nem mesmo dado um único telefonema. Plena sexta-feira e nem sinal dele. Pleno sábado e ela sobrando... Tudo agora parecia ser mais urgente e importante do que ela... etc. etc.

— Que filme está passando? — Eugênia a interrompeu, sem mais paciência para tantas reclamações.

— Não faz diferença — Priscila respondeu. — Eu só quero que ele saiba que não passo o final de semana inteiro esperando que ele lembre que eu existo. Faço questão de fingir que estou me divertindo.

— Tá legal, então — Eugênia concordou. — Eu não estou fazendo nada mesmo. Passo por aí ou você vem aqui?

— Venha para cá você, Eugênia, por que eu ainda não escolhi nem a roupa que vou usar. Quero aparecer na frente dele superproduzida hoje!

— Pois eu vou assim mesmo do jeitinho que estou — Eugênia avisou e aproveitou a deixa para lamentar-se também. — Não adianta tentar melhorar meu visual mesmo...

— Ai, hoje não, Eugeninha. Hoje deixe que eu sofra sozinha — Priscila pediu. — Não me venha falando sobre os seus complexos.

Eugênia desligou o telefone e olhou-se no grande espelho do *hall*. Enquanto segurava uma maçã entre os dentes, examinou o seu *jeans* desbotado, esticou a longa camiseta azulão, ajeitou com as mãos o rabo de cavalo e mais uma vez constatou os resultados da sua gula. Sua avó já lhe chamara a atenção para os quilinhos que ela vinha ganhando e o *jeans* apertado confirmava isso com leves toques de crueldade. Mas como ela tinha prometido não se aborrecer naquele sábado, simplesmente suspirou fundo, amarrou a *pochete* na cintura, deu um grito para avisar que ia ao cinema e saiu batendo a porta.

Ao chegar na casa de Priscila, foi atendida por Fabiola.

— Olá, Eugênia — ela falou, dando um beijo no seu rosto. — Há quanto tempo!

— É... — a menina respondeu. — Faz tempo mesmo. A senhora vai bem?

— Trabalhando, como sempre — Fabiola comentou, enquanto se dirigia para a pequena sala e instalava-se diante do computador.

— Estou começando uma pesquisa para uma nova matéria que está me dando o maior trabalho, Eugênia. Por favor, sente-se e fique à vontade. Desculpe eu não poder lhe dar muita atenção.

Nisso, as duas viram Priscila descendo a escada e dizendo:

— Ah, mamãe, dá um tempo com esse trabalho e veja se eu estou bem com este vestido.

Priscila rodopiou nas pontas dos pés, exibindo um vestido tubinho azul claro que lhe caía muito bem. Aproveitou o movimento e balançou os cabelos sedosos. Só então perguntou:

— E então? Estou de fechar o comércio?

— Muito amiga você, hein, Priscila? — reclamou Eugênia. — Olha só o jeito que eu estou vestida? Quer me fazer parecer ainda mais trambolhuda?

— Você não está executando uma vingança, Eugênia. Pode ir assim que está ótima — Priscila avisou. — Eu, sim, preciso matar alguém de ciúme.

— Pra que tudo isso, filha? — Fabiola perguntou. — Só porque o rapaz não apareceu por aqui hoje? Deve estar ocupado.

— Não apareceu e nem ligou. Nem hoje, nem ontem e isso eu não vou perdoar — Priscila avisou solene.

— Mas não é você que vive dizendo que tudo tem que ser livre, leve e solto? — Fabiola comentou.

— Não tão solto... não tão solto, dona Fabiola! — Priscila reformulou rapidamente as suas convicções.

— Andando comigo, Priscila, você não precisava nem mesmo ter tido tanto trabalho na produção. O contraste entre nós duas já é bastante eficiente — Eugênia falou, com certa amargura.

— Eugênia, Eugênia — Fabiola disse, voltando-se para ela. — Não vai me dizer que continua se subestimando...

— Subestimar não é a palavra, dona Fabiola. Digamos que eu continuo sendo realista. Sou feia de rosto, de corpo, de dentes, de cabelos... consigo até ser feia no céu da boca. A senhora já viu meu céu da boca como é pontudo? — Eugênia falou e então escancarou a boca para que ela pudesse constatar o fato.

Fabiola não conseguiu conter uma gostosa gargalhada.

— Só você mesmo para falar uma coisa dessas, Eugênia! Desde quando céu da boca é bonito?

— O de todo mundo é redondinho — ela confirmou. — O da minha prima...

— Sheila! A prima mais-que-perfeita! — Fabiola interrompeu. — Não deve mesmo ser nada fácil conviver com uma prima assim, Eugênia, mas já falei para você que todos têm seus encantos.

— Pois esqueceram de colocar um encantozinho só em mim — ela protestou, exibindo o próprio corpo desajeitadamente. — Dá só uma olhada no meu visual!

— Pois eu acho você um doce de pessoa, Eugênia. Já disse isso milhões de vezes — Fabiola comentou. — Falta apenas você descobrir o seu ponto forte e valorizá-lo mais.

— Sei. Igualzinho à *Barbra Streisand*... Só mesmo ela com aqueles olhos afastados, o nariz largo e a boca enorme consegue parecer bonita. Milagres do cinema americano — Eugênia falou.

— Pois é exatamente isso! — Priscila interveio. — Já não disseram até que você parece com ela?

— Já. Só não sei se aquilo foi um elogio ou uma ofensa — Eugênia zangou-se.

— Claro que foi um elogio! — comentou Fabiola. — Aquela mulher é brilhante!

— Pois eu vou contar uma coisa pra senhora que vai deixá-la cair na real — Eugênia avisou. — Sabe que o garoto que eu gosto arrumou outra namorada e me contou na maior caradura?

— Quem? O Estêvão? — Fabiola perguntou.

— Não. Esse aí só telefona para perguntar como é que está a minha prima. Eu já falei que ela morreu, mas ele não acredita.

— E você diz que ela morreu de quê? — perguntou Priscila, interessada. — Diz que furou o papo, por acaso?

— Não. Digo que morreu de *overdose* — explicou Eugênia. — *Overdose* de elogios. A mistura de tanto elogio com convencimento também mata, sabia? Mas eu estava falando mesmo é do Ronaldo... Sabe o que ele fez? Arrumou uma namorada via Internet!

— O quê? — Priscila espantou-se. — Não posso acreditar nisso. Vou tirar o maior barato da cara dele!

— Não faça isso porque ele vai saber quem dedurou — Eugênia pediu. — Mas já imaginou a minha situação? Perder a parada até para computador?

— Namorada via Internet... Não dá para acreditar — Fabiola comentou. — Para mim, computador serve e muito bem para outras tarefas, mas para namorar? Isso não pode durar muito.

— Vai durar, sim, porque os dois já estão marcando encontro — Eugênia explicou.

— E ele contou isso para você na maior cara-de-pau?
— Priscila enfezou-se.

— Claro! Com essa minha figura, amiga, eu só sirvo é pra confidente mesmo — Eugênia falou.

— E o olho-no-olho? Onde é que fica hoje em dia? — Fabiola protestou.

— Não fica. Olho-na-tela é mais moderno — Eugênia comentou.

— Puxa, mas isso vai render muita brincadeira! — comentou Priscila, ao mesmo tempo em que o telefone tocava.

Ela correu para atender na outra sala e voltou corada e sem jeito.

— Eugeninha.... Você se zanga se a gente cancelar o cinema? Era o Ricardo... nós combinamos um encontro...

— Filha, isso não se faz! — Fabiola protestou, mas logo foi interrompida por Eugênia.

— Deixa, dona Fabiola. Eu não estou a fim mesmo... Acho que vou para casa.

— Não ainda — Fabiola protestou. — Pelo menos fique aqui para continuarmos a nossa conversa. Eu aproveito, faço um intervalinho e preparo um chá. Você aceita?

O que Fabiola não disse foi que, apesar do trabalho

todo que tinha por fazer, pretendia conversar com Eugênia sobre essa sua mania de subestimar-se tanto. Sentia-se quase que na obrigação de, com os argumentos certos, convencer a menina, filha da falecida amiga, a descobrir os encantos que certamente mantinha trancafiados dentro de si. Então, enquanto via a filha feliz e saltitante sair ao encontro do namorado, contrastando intensamente com a aparência de Eugênia, ela correu para a cozinha e preparou-se para uma missão muito especial.

DOCE VINGANÇA

Priscila, ao deparar-se com o olhar de admiração de Ricardo, esqueceu-se por completo do terrível discurso que preparara para humilhá-lo. Tinha simplesmente desperdiçado horas diante do espelho, recapitulando todos os desaforos que pretendia lhe dizer para, subitamente, só conseguir abrir um enorme sorriso.

— Gata, você está incrível hoje! — ele disse, aproximando-se e abraçando-a forte. — O que eu fiz para merecer isso? — ele ainda perguntou, ingenuamente.

— Nada. Só quis caprichar para você — ela mentiu, enquanto mordia a ponta da língua para não lhe perguntar por que tinha sumido de cena por tanto tempo.

Não foi preciso esperar muito, no entanto, para saber das novidades. Assim que se instalaram na sorveteria e fizeram seus pedidos, Ricardo tirou do bolso um pedaço de papel e contou entusiasmado:

— Estive nesses dois dias com o Clóvis bolando umas coisas para o clube, Priscila. Quis fazer uma surpresa para você. Por isso não telefonei.

E enquanto falava sem parar sobre seus planos, Priscila o olhava enternecida, completamente esquecida de qualquer vingança.

De repente, ela falou:

— Já não me parece que você vá deixar que tudo fique livre, leve e solto como combinamos, Ricardo. Você está programando tanta coisa...

— Vai ser livre, sim — ele confirmou. — Tudo isso são apenas planos para discutir com a turma. Também quis dar algumas sugestões e o Clóvis, você sabe, é cheio das idéias...

— Pois nada disso me parece divertido, Ricardo. Não combina com o clube — Priscila observou.

E, como naquela tarde ela estava irresistivelmente linda, tirou, com uma única frase, toda a convicção de Ricardo.

— Você acha mesmo, Pri? Acha que devo esquecer tudo isso?

— Isso mesmo. Pra lembrar só de mim... — ela simplesmente sussurrou enquanto o garçom os servia.

PLANTANDO SEMENTES

Recapitulando mentalmente a forma escolhida para abordar o assunto com Eugênia, Fabiola segurou firmemente a bandeja e voltou para a sala:

— Prontinho. Aqui está o nosso chá — ela falou, alegremente.

— Para falar a verdade, eu nem devia estar aqui, dona Fabiola. A minha avó já andou me chamando a atenção para o meu peso...

— Esqueça isso por alguns instantes. Eu tenho algo muito mais importante para falar para você — Fabiola falou, enquanto enchia a xícara de Eugênia.

As duas saborearam os primeiros goles em silêncio, beliscaram os pequenos biscoitos e então Fabiola começou:

— Você sabe que eu e sua mãe fomos sempre muito amigas, Eugênia. Assim como você e a Priscila.

— Sei — Eugênia falou, baixinho.

— Pois então, Eugênia. É na qualidade de amiga que quero trocar algumas idéias com você. Coisas que eu imagino sua mãe também diria se estivesse aqui.

Eugênia simplesmente continuou sorvendo o chá em pequenos goles e a olhando nos olhos.

Fabiola respirou fundo e começou a falar sobre a beleza de cada um, lembrando que algumas pessoas têm mais, outras menos... alguns têm uma beleza mais visível, outros, uma beleza mais sutil, mais oculta.

— Você lembra outro dia, quando conversamos sobre respeito, justamente por causa de alguma coisa que tinha acontecido na escola, Eugênia?

Eugênia simplesmente acenou com a cabeça.

— Lembra quando falamos sobre o respeito que uns devem ter para com os outros? Respeito de todos para todos?

— Lembro — Eugênia falou ainda sem entender o que aquilo tinha a ver com a sua feiúra.

— Pois então, meu bem. Acho que é isso que está faltando em você — Fabiola falou, enchendo-se de coragem.

— Mas eu respeito todo mundo, dona Fabiola! — Eugênia espantou-se.

— Com certeza. Respeita todo mundo, menos você mesma.

Sem dizer palavra, Eugênia demonstrou com o olhar que não tinha compreendido. Então Fabiola continuou o seu discurso.

— Assim como respeitamos os outros, Eugênia, precisamos nos respeitar. Gostar daquilo que somos. Aceitar o que temos de bom e de ruim. A partir do momento em que você aprender a valorizar os seus pontos fortes, ficará mais confiante e atrairá mais as pessoas. Você me entende?

— E como é que se faz isso? — ela perguntou. — Eu topo fazer qualquer coisa que me prove que eu não sou tão horrorosa como me sinto, dona Fabiola. O mais difícil vai ser convencer os outros disso.

— Eu não penso assim. Acho que, a partir do momento em que você acreditar na beleza que possui, tudo ficará muito simples.

— Acontece que os outros não respeitam aqueles que não são tão bonitos como gostariam. Parece até que feiúra é defeito, é contagioso — a menina desabafou.

— Dá para você explicar melhor isso? — Fabiola pediu.

— É como se eu tivesse obrigação de ser bonita ou não tivesse o direito de perturbar a paisagem... é difícil explicar. Acho que ninguém tem muita paciência com quem não está dentro dos padrões. Ninguém faz questão de se aproximar ou compreender.

—Não consigo ver a coisa dessa maneira, Eugênia, até porque os padrões também mudam — Fabiola falou, sincera.

— Os feios incomodam, dona Fabiola. A gente destoa sempre. E sobra também — Fabiola reforçou.

— Mas tem muita gente que não é exatamente bonita, porém valoriza seus pontos fortes e acaba chamando a atenção — Fabiola falou, enquanto se levantava e ia até o lavabo.

Ela voltou com um espelho na mão e o entregou à Eugênia.

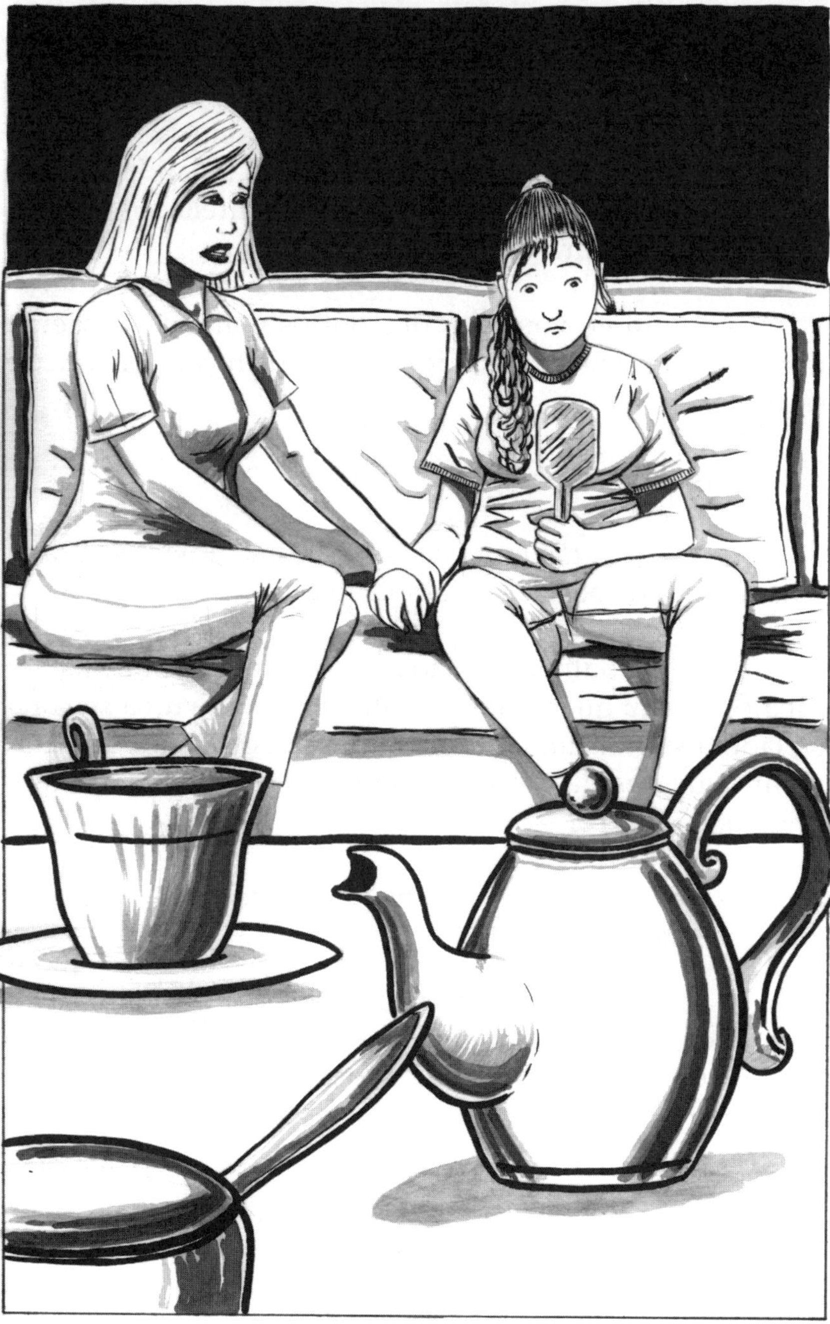

— Olhe-se bem aqui, Eugênia. Eu quero que você veja uma coisa.

Enquanto a menina se observava, Fabiola chamava a atenção para os seus pontos positivos. A tonalidade acinzentada dos olhos, uma covinha na face direita, os cabelos sedosos, a pele clara e macia.

— Agora eu vou falar dos outros pontos — Eugênia insistiu. — Os olhos afastados, o nariz de tucano, a boca de caçarola...

Mas ela foi logo interrompida.

— Não seja tão cruel consigo mesma, Eugênia. Trate-se com mais respeito... — Fabiola pediu.

— São os outros que não me respeitam — Eugênia desabafou. — Eu queria que a senhora passasse uma semana ao lado de minha linda prima para ver a diferença de tratamento que nos dão. Até as regras se modificam. Quem é linda pode tudo...

— Isso é que não! — Fabiola discordou. — As regras têm que valer para todos.

— Essa é a teoria, mas não é bem assim que funciona na prática. Eu garanto que para quem é lindo e maravilhoso tudo é permitido — Eugênia insistiu.

— Por exemplo — Fabiola pediu.

— Por exemplo: se eu deixar cair um papel no chão, alguém vai, no mínimo, me xingar de porca. Se a minha prima *jogar* um monte deles, é bem capaz que apareça alguém que se atire a seus pés para apanhá-los.

— Que exagero! — Fabiola disse.

— É, sim. E ainda é capaz de guardar o papel de lembrança — Eugênia reforçou. — É que a senhora não é feia para saber como é que a coisa funciona.

Fabiola parou por alguns segundos e então sugeriu:

— Tudo bem, Eugênia. Acredito mesmo que as pessoas não tenham muito respeito. Você sabe do que está falando. Mas vamos fazer um trato? Vamos tentar mudar um pouquinho o modo de encarar a si mesma?

Eugênia sacudiu os ombros como quem não tem nada a perder.

— Eu garanto que você vai desbancar até aquele seu rival computador — Fabiola falou e, ao mesmo tempo, preocupou-se por estar alimentando esperanças por uma coisa que não teria como controlar. Mesmo assim, resolveu arriscar. Pegou Eugênia pela mão e a levou até seu quarto. Sentou-a diante do espelho e examinou os seus cabelos.

— Esta risca no meio acentua os seus olhos afastados, Eugênia. Vamos tentar uma franja discreta?

E assim, com tato, carinho, Fabiola ajeitou os cabelos da menina, a linha de suas sobrancelhas, ressaltou seus olhos com um lápis e passou um batom em seus lábios.

— Você precisa tratar-se com mais carinho, mimar-se um pouco — explicou Fabiola. — Pronto. Agora sorria. Não se acha muito mais bonita?

— Eu não vou ser bonita nunca — Eugênia reclamou,

examinando-se séria. — Mas acho que o meu cabelo ficou melhor assim.

— Sabe de uma coisa, Eugênia? O tempo de ser feio já passou. Hoje nada mais é tão rígido, a moda anda mais descontraída, as pessoas adotam o estilo de que gostam e com o qual se sentem bem. Só assim o brilho de cada um aparece — Fabiola ensinou. — Agora é acreditar em você para ver. Erga esta cabecinha e não deixe mais que a façam supor que não possui encanto algum. E tem mais! Isso não vale só para a aparência física. Vale, acima de tudo, para seus valores, sua personalidade e as coisas maravilhosas que traz dentro de si.

— Esse é o respeito por mim mesma? — ela perguntou.

— Sim, senhora. Esse é o respeito que esperamos que todos tenham uns pelos outros e que muitas vezes esquecemos de ter por nós mesmos. Ora, Eugênia! Como você espera contribuir para o mundo, estando tão mal consigo mesma?

— E quanto ao computador? — Eugênia perguntou e Fabiola demonstrou não ter entendido a pergunta.

— A garota do computador... — Eugênia explicou.

— Ah! — Fabiola falou como quem vai desvendar um segredo.

Enlaçando o seu braço com o da menina, as duas voltaram para a sala, enquanto ela explicava.

— Olha... Podem até dizer que eu vejo as coisas de uma

maneira muito antiga, mas eu ainda acho que o que funciona no romance é justamente a atração que as pessoas sentem quando estão próximas... Você me entende?

— Eu também acreditava nisso — Eugênia falou.

— Pois eu ainda acho que você pode acreditar. Deixe que esse tal de Ronaldo descubra como é mais interessante ter alguém como você por perto e vamos ver quanto tempo dura o seu romance com a dona Frígida.

Eugênia deu uma gargalhada gostosa e repetiu:

— Dona Frígida! Gostei do apelido... Dona Frígida!

Enquanto Fabiola a observava atravessando a rua, desejou ardentemente estar no caminho certo ao tentar mostrar a Eugênia encantos que poucos sabiam apreciar.

Fechando a porta atrás de si, Fabiola voltou ao trabalho. O computador continuava ligado, exibindo o protetor de tela que, como um poderoso hipnótico, a fez refletir mais profundamente sobre os momentos vividos com Eugênia.

Só então voltou à sua matéria. O tema que ela precisava começar a desenvolver para a próxima revista era sobre cidadania. Era seu objetivo fugir daquela descrição fria e seca encontrada no dicionário, para desvendar aos seus leitores as reais dimensões de um cidadão e tudo o que essa pequena palavra envolve. Falar de cidadania era falar da vida, de cada gesto, de cada segundo de convivência entre os semelhantes, de cada encontro, de cada palavra. Falar de cidadania era falar de respeito. Respeito por si, respeito pelo próximo, respeito pelo lugar onde se vive. Então, mentalmente indagou-se. Era cidadania também o gesto afetuoso que tivera por Eugênia? Seria esse carinho apenas conseqüência das doces lembranças da amizade que tivera por sua mãe? Mas se era, não tinha sido essa mesma amizade uma das maneiras de a cidadania se fazer presente em sua vida?

Então escreveu como um lembrete para reflexão:

A cidadania se faz presente apenas quando ultrapassamos a nossa vivência enquanto indivíduos isolados e alienados?

Por que é tão mais fácil ser solidário com as pessoas pelas quais sentimos afeto?

SEGUNDOS CONTATOS

Na semana seguinte, a turma toda voltou a se reunir no clube. Depois de muita discussão, foram levantadas as sugestões mais interessantes. Havia propostas para a realização de festas regulares, concursos, exposições, viagens e competições esportivas. E foi este último o tema mais polêmico do dia.

— Acho que a competição deve ser fechada — sugeriu Gil. — Não me agrada a idéia de ter que abrir o clube para outros times.

— Mas não temos pessoal suficiente, Gil — ponderou Valter. — Vai faltar gente. Talvez seja preciso mesmo convidar alguns colégios.

— Encrenca na certa — considerou Lucas. — O último campeonato entre colégios terminou numa senhora briga!

— Que tal a gente primeiro tentar descobrir quantos de nós pretendem participar? — sugeriu Eugênia. — Só assim poderemos saber se temos número suficiente para realizar um campeonato interno.

As outras garotas aplaudiram a idéia e comentaram:

— Tinha mesmo que ser uma mulher para dar um palpite inteligente.

— EU... GÊNIA... — ela ficou de pé e fez uma reverência, solene.

A brincadeira quase gerou um novo tumulto, mas

Ricardo logo fez com que eles voltassem para o tema central.

— Pessoal, pessoal! Vamos anotar o que ficou decidido e depois a gente discute os detalhes de cada evento. Combinado?

— Eu já anotei aqui — Priscila avisou. — Uma festa de inauguração, um concurso de fotos ou desenhos, um campeonato interno ou aberto. O que mais?

— Abrir inscrições para o campeonato para ver se podemos montar as chaves só com o pessoal do clube — lembrou Ronaldo, demonstrando ter acatado a sugestão de Eugenia.

— Isso mesmo — concordou Clarisse.

— Ricardo. — Rodrigo chamou. — Você tem idéia de quantos somos atualmente? Acha mesmo que temos condições de realizar um campeonato? Estou duvidando muito de que isso dê certo.

— Pois eu vou adiantar uma coisa para vocês — Ricardo avisou. — O clube está vendendo novos títulos a preços bem convidativos. Acho que, depois da oferta que o Bira está anunciando para este final de semana, isso aqui vai ficar lotado.

— Ihhh! Que droga! — Clarisse reclamou. — E se entrar aqui um bando de gente chata?

— Pois eu acho é muito bom. Com este grupo mirrado nada vai ter graça — comentou uma das meninas. — Está faltando mesmo uns gatos novos no pedaço.

— Gatos, não, mas gatas eu concordo — Rodrigo logo corrigiu. — Acho ótimo que alguém trate de melhorar o visual disso aqui.

— Olha a ofensa! — Eugênia reclamou. — Se é para ser franco a gente também começa a dizer tudo o que pensa sobre vocês!

— Compra um título para a sua prima, Eugênia! — um dos rapazes gritou.

Nesse momento, aproximou-se um pessoal que, atrasado, voltou a levantar questões já discutidas:

— Quantas modalidades vocês estão pretendendo fazer? — Guilherme perguntou.

— Tantas quantas conseguirmos formar times, titulares e reservas — Ricardo explicou. — A idéia é que muita gente participe jogando e torcendo.

— O esquema vai ser o tradicional, gente — o próprio Clóvis explicou pela segunda vez. — Precisamos formar chaves que irão competir entre si. Primeiro saberemos quais são os melhores de cada chave e, depois, faremos as finais entre eles.

— Só que o primeiro passo é saber quantos times teremos para que possamos formar as chaves. Deu para entender? — Ricardo insistiu.

— E o prêmio? Vocês já sabem o que o clube vai poder oferecer?

— O trivial, gente. Acho que a premiação vai ser mesmo taça para os primeiros colocados e medalhas para os segundos e terceiros — Ricardo explicou. — Vocês bem sabem que o clube mal está se agüentando nas pernas... Além disso, pretendemos fazer festas, viagens...

Ao tentar deixar evidente a preferência de cada um, a gritaria foi geral:

— FESTA! VAMOS ORGANIZAR UMA FESTA...

— VIAGEM! MUITO MELHOR É UMA VIAGEM!

— FESTA, FESTA, FESTA!

— VIAGEM. NÓS QUEREMOS UMA VIAGEM...

— A GENTE JÁ TINHA DECIDIDO COMEÇAR PELO CAMPEONATO, POXA! VAMOS COMEÇAR TUDO DE NOVO?

Em vão, Ricardo tentava frear os ânimos. Ninguém lhe dava ouvidos enquanto ele tentava exigir silêncio.

— Pessoal! Assim não vai dar para fazer coisa nenhuma. Vamos primeiro organizar a competição e depois votaremos como será o seu encerramento. Nós nem começamos!

— Quem pode participar da competição? — Silvana repetiu a pergunta. — Apenas os associados?

— Eu não acredito... — Ricardo comentou baixinho com Clóvis. — Estamos falando com as paredes?

Então, avisou bem alto:

— Vamos deixar estas listas à disposição de vocês na secretaria. Passem por lá e indiquem seus nomes nas modalidades que quiserem participar.

— Pode ser mais de uma?

— Pode, Guilherme — Ricardo explicou. — Você pode participar de quantas modalidades quiser.

— Que tal fazer um baile à fantasia? — perguntou Silvana, distraída como sempre.

— Sil — Ricardo a interrompeu antes que os ânimos se exaltassem novamente. — Nós vamos primeiro cuidar da competição. Precisamos formar times, chaves... Eu já expliquei...

Diante disso, Ricardo desistiu e deu a reunião por encerrada. Só não ficou mais decepcionado pois ouviu algumas conversas paralelas que indicavam que alguns, pelo menos, tinham compreendido alguma coisa naquele encontro caótico.

— Vamos formar um time de vôlei? — perguntou Fernanda.

— Melhor de handebol — Silvana sugeriu. — Eu sou péssima no vôlei...

— Ora, por que não os dois? — Foi a idéia de Cibele. — Vamos já anotar os nomes de quem está a fim de entrar para o nosso time.

Entretido com a conversa das meninas, Ricardo não percebeu que Cafu se aproximava:

— Você está adorando essa posição de manda-chuva, não é mesmo? Ainda não entendi porque o pessoal te dá tanta trela.

— Acho que o pessoal só está interessado em fazer alguma coisa útil por aqui, Cafu. E não acho que esteja mandando em coisa alguma — Ricardo defendeu-se. — E você, por que vem até aqui e não abre a boca?

— Eu estou só na sua mira, cara. Faço questão de vir para ver até onde vai essa sua brincadeirinha. Não vai durar muito, pode apostar.

— Se você quiser propor qualquer outro esquema, o pessoal está todo aí. Por que não tenta fazer melhor do que eu estou fazendo? — Ricardo sugeriu. — Cão que ladra demais não morde, cara!

— Me aguarde, Ricardo, me aguarde — Cafu ameaçou, enquanto se afastava dali.

Próximo a eles, Clarisse perguntava curiosa para Eugênia.

— O que você fez no cabelo? Está tão diferente...

— Diferente para melhor ou para pior? — Eugênia perguntou e aguardou que Clarisse a investigasse demoradamente.

— É para melhor, mas não consigo saber o que está diferente. É mesmo o cabelo?... Ah! Já sei! Você está maquiada.

— Nada a ver, sua tonta. Isso aqui é resultado de um chá que eu tomei... — Eugênia divertiu-se com o espanto da amiga.

CAINDO NA REAL

Durante dois finais de semana, Bira manteve alguns títulos em promoção. Na verdade, eram títulos remanescentes de sócios muito antigos que não tinham demonstrado interesse em atualizar seus débitos, colocando-os à disposição a preços bem convidativos. Como resultado, novas famílias engrossaram o rol de sócios já existentes.

Rapidamente, Bira colocava os jovens a par das novidades e insistia para que eles se inscrevessem o quanto antes para a competição esportiva.

Ricardo e Clóvis organizavam as chaves com times formados exclusivamente pelos sócios. Quase todos os rapazes e moças estavam inscritos em mais de uma modalidade. Além dos jogos coletivos, haveria provas de natação e tênis. O prêmio seria mesmo simbólico. Mais importante do que o prêmio, segundo Bira, era o entrosamento que o esporte proporcionaria entre jogadores e torcida.

Assim, aos poucos, o clube foi voltando a ter vida. Nos finais de semana, o bom tempo de maio ainda atraía famílias inteiras para a beira da piscina. A cantina começara a oferecer alguma variedade de pratos e já tinha um movimento razoável. A sala de cinema convidava para assistir ao último lançamento em vídeo, a mesa de *snooker* estava sempre sendo disputada e o *playground,* ainda que com seus poucos brinquedos, animava a garotada.

O andar de cima, onde ficavam os salões de festa, o salão de estar e a enorme varanda, tinha sido quase que completamente ocupado por uma multidão de jovens barulhentos que entrava, saía e andava de lá para cá, sem destino.

Apesar do tumulto que faziam, porém, havia um desânimo geral entre eles. Dois namoravam num canto. Três conversavam em outro. Um grupo sentava displicentemente nas escadas. De concreto mesmo, ninguém fazia nada. Faltava alguém ser criativo. Então, Ricardo sugeria:

— Por que não colocam uma música? O som está instalado. Por que alguém não traz o violão? Por que não cantam?

Ou então:

— As quadras estão desocupadas. Ninguém quer jogar? Não seria bom começar a treinar um pouco?

Porém, ninguém se dignava a fazer o menor movimento. Depois de algum tempo, entediados, iam embora.

Era isso ou o outro extremo, quando resolviam discutir o que fazer e acabavam brigando, como se todos eles precisassem medir forças a cada segundo. Se a questão era um jogo, brigavam para decidir o que jogar. Se decidiam cantar, brigavam para descobrir como. Se decidiam curtir um som, brigavam pelo estilo de música que agradaria mais. Cada um agia, pensava e decidia por si mesmo. Não existia, na verdade, um grupo.

Ricardo observava a confusão que se instalava pelos motivos mais banais e sentia-se de mãos atadas. Não conseguia entender o que estava acontecendo. As duas reuniões realizadas tinham chegado a um bom termo, o campeonato estava de fato sendo organizado, no entanto, todos estavam completamente atarantados.

Tudo o que tinha sido decidido ficara exclusivamente

no papel. O entusiasmo fora sendo minado aos poucos e tudo o que Ricardo via agora era um tumulto que mais lembrava o descaso e a indisciplina. Era este o tipo de agitação que o clube precisava? Era isso o que Bira tinha em mente ao pedir sua ajuda? Certamente que não. Mas o que fazer além de ter paciência?

— Acho que isto é só uma questão de tempo — Priscila tentava consolá-lo. — O pessoal não está mais habituado a conviver.

— Você chama isto de convivência? — Ricardo perguntava, desistindo de apartar as intermináveis discussões. — Daqui a pouco chega o dia dos primeiros jogos e ninguém está nem aí. Ninguém está levando nada a sério.

— Será que está faltando um treinador, Ricardo? Alguém que marque os horários e exija que sejam respeitados? — Priscila arriscava.

— Mas não era este o espírito da coisa. Eles tinham que estar se divertindo, curtindo, fazendo isso espontaneamente. Isso aqui não pode virar um quartel, Pri! — Ricardo continuava convencido de estar no caminho certo.

O tempo correu assim. Os jovens efetivamente voltaram a freqüentar o clube, mas a única coisa de concreto que conseguiram foi espantar o sr. Durval, que perdera o seu recanto sossegado de leitura. No mais, nada foi feito. Ricardo resolveu deixar o tempo correr simplesmente por não saber como agir. Não exercia a menor influência sobre eles, ninguém o ouvia mais. Afinal, ele mesmo sugerira: cada um fizesse daquele espaço o que bem entendesse.

No fundo, o que ele mais temia era que aquelas algazarras todas acabassem espantando as poucas famílias que vinham freqüentando o clube. Isso seria uma catástrofe para o seu tio, que ainda estava empenhado em oferecer um ambiente que os atraísse. Certa manhã, sentindo-se completamente incompetente, Ricardo sentou-se em uma das cadeiras da varanda e, através das enormes portas de vidro, ficou observando o movimento dos colegas.

Um deles parecia ter tomado ao pé da letra a orientação que Ricardo lhe dera de "sentir-se à vontade" e mantinha-se invariavelmente deitado no sofá, impedindo que outros usufruíssem do mesmo conforto. Na verdade, quando não estava deitado, invertia a posição fazendo do assento o seu encosto e colocando as pernas para cima. Aquela atitude incomodava profundamente Ricardo, ainda que ele não soubesse explicar a razão. Ele queria mesmo que todos se sentissem à vontade, mas, dentro de sua cabeça, até para isso existia um limite.

Ao lado, outro rapaz demonstrava não saber qual a finalidade de um cesto de lixo, já que insistia em arremessar papéis de bala em um antigo vaso. Sua péssima pontaria, no entanto, fazia com que vários deles ficassem espalhados pelo chão sem que, contudo, ele se dignasse a recolhê-los.

Um grupo de estudantes de música passara a fazer seus ensaios da banda num dos salões, sem tentar antes descobrir se isso afetaria a tranqüilidade de alguém.

As paredes, recém-pintadas, exibiam cartazes e pôsteres de todos os tipos, cores e tamanhos. Anúncios do salão de beleza do pai, das peças de teatro da mãe, da academia de ginástica de um terceiro criavam um visual embaralhado que dava ao salão uma aparência de puro desleixo. Nada a ver com a elegância e sobriedade dos velhos tempos.

Ricardo não pretendia absolutamente que aquele recanto fosse sóbrio, no entanto, esperava que pelo menos parecesse bem-cuidado e acolhedor, coisa que, no momento, parecia ser completamente impossível.

Ainda enquanto observava, Ricardo pôde ver alguém procurando espaço para colar novos papéis. Desgostoso, simplesmente virou a cadeira para outro lado e observou, através da sacada, o pessoal da piscina.

Lá o clima era ainda de maior alvoroço. Grupos de crianças e jovens pulavam e gritavam dentro da água enquanto outros perseguiam seus colegas correndo em volta da piscina, para desespero de alguns associados que tentavam relaxar sob o sol. Eles pulavam sobre as esteiras e cadeiras, chutavam pequenas sacolas, atiravam toalhas encharcadas uns sobre os outros até que o perseguido, vencido, era agarrado e lançado na piscina, apesar de seus gritos de protestos e de sua inútil resistência.

Uma jovem encontrou sua revista completamente encharcada como conseqüência dessa brincadeira. Os mais novos, imitando a diversão dos jovens, insistiam em jogar água em seus pais, provocando-os, ou ainda, em empurrá-los para a beira da piscina.

A desordem era total e aquele que tivesse ido ao clube em busca de tranqüilidade, certamente jamais a encontraria naquele local. Então, um enorme cartaz chamou a atenção de Ricardo, relembrando antigas regras:

É proibido o uso de bronzeador

É proibido comer no recinto...

"Regras", ele pensou. "Coisa mais antiga e desagradável. Será preciso fazer um cartaz de igual tamanho explicando que um sofá é lugar de sentar, um cesto de lixo serve para pôr lixo, uma parede não é necessariamente um mural público?" Seria preciso avisar que as pessoas tinham o direito a uma certa tranqüilidade, caso quisessem desfrutar da área da piscina sem necessariamente ficarem molhadas? Ou ainda, ter que avisar que cada um tinha o direito de dar um mergulho na piscina espontaneamente? Essas perguntas rondaram pela sua cabeça, mas ainda assim, seu corpo se recusava a tomar qualquer atitude. Não pretendia jamais melindrar qualquer associado. Não se sentia firme o bastante para recriminá-los sem, em contrapartida, sofrer todo o tipo de represália. No mínimo, ririam dele. De modo que vários dias se passaram sem que ele tomasse qualquer atitude que impedisse que o clube fosse transformado em algo tão distante do objetivo inicial.

Aborrecido, Ricardo afastou-se dali. Deu apenas alguns poucos passos na varanda e algo chamou a sua atenção. Observando mais uma vez através da porta de vidro, Ricardo viu Cafu rodeado por um grupo de novos sócios. Todos pareciam estar muito descontraídos com ele. De repente, sentindo-se observados, todos se voltaram para o vidro e encararam Ricardo. Cafu simplesmente apontou para ele e disse algo que Ricardo não pôde ouvir. Porém, ele pôde observar claramente as risadinhas que todos deram antes de retornar a sua atenção para aquele que parecia ser seu novo líder.

Ricardo afastou-se dali imaginando o tipo de versão que Cafu estava dando sobre os últimos acontecimentos do clube. Certamente preparava terreno para que nenhum desses novos sócios lhe desse o menor crédito.

DE VOLTA ÀS CAVERNAS

Na segunda-feira, Ricardo saiu do serviço e aproveitou para procurar Priscila na loja de seus avós. Era mais uma oportunidade de encontrá-la durante a semana, já que a loja ficava exatamente no trajeto de sua casa e, ele sabia, ela tinha o hábito de visitá-los tão logo saía da aula de italiano.

— Oi, "seu" Nicola. A Priscila já voltou da aula? — Ricardo foi logo perguntando.

— Deve estar lá em cima com a avó. Quando ela aparece aqui, a avó já entra pela casa e me deixa sozinho. Elas dizem que têm muito o que conversar.

Nem bem ele acabou de falar, chegou dona Pia e, dando tapinhas no rosto de Ricardo, disse com o seu inconfundível sotaque italiano:

— *Bambino*... Como está? E a família?... *Dio Mio*... como está *belo questo ragazzo!* Não é *vero*, Nicola?

— E eu lá sou de achar homem bonito, Pia? — "seu" Nicola reclamou, balançando a cabeça de um lado para o outro.

Para alívio de Ricardo, que ficava encabulado com o jeito de dona Pia tratá-lo, Priscila apareceu. Sorridente, beijou o namorado e comentou:

— Venha comigo, Ricardo. Vou salvá-lo desta tortura. Vamos passar na casa do Cafu. Acho que o pessoal todo está lá.

Ricardo despediu-se dos avós de Priscila e caminhou de mãos dadas com ela pela calçada da rua mais movimentada do comércio local.

— Mas afinal, o que viemos fazer aqui, Priscila? — ele lembrou de perguntar, enquanto tocava a campainha.

— Ora, Ricardo! Tem a ver com o campeonato — ela explicou, surpresa. — O Cafu não falou com você?

— Não! — Ricardo estava realmente surpreso.— Quer dizer que vocês combinaram uma reunião fora do clube e nem me avisaram?

— O Cafu ficou de falar com você — Priscila avisou. — Deve ter esquecido.

— Pois eu aposto que não — Ricardo comentou entredentes, enquanto via alguém atender a porta.

Lá dentro, encontrando boa parte da turma reunida, Ricardo cumprimentou todos com a maior naturalidade possível, aparentando estar ciente do encontro. Sem maiores rodeios, perguntou:

— Como é, pessoal! Vamos treinar hoje à noite, conforme combinamos?

Diante das dúvidas dos colegas e da visível falta de interesse, Ricardo zangou-se:

— Qual é, pessoal? Assim não dá! Vocês querem que o clube fique agitado mas não movem um dedo! Já não marcamos o treino? Como vocês querem que tenha campeonato se a gente não tem nem time?

— Essa turma aqui é furona — Priscila ajudou. — Marca e não comparece. Parece que ninguém tem calendário nem relógio.

— Ninguém tem palavra, isso sim — Ricardo reclamou, logo imaginando se toda aquela indiferença que vinha sentindo já não seria conseqüência das conversas com Cafu.— Assim não dá para levar nada adiante!

— Sem essa, Ricardo — Cafu reclamou. — Agora deu para dizer o que a gente tem que fazer? Quem você pensa que é?

— Eu só achei que vocês estavam interessados em fazer um campeonato que prestasse, ora — Ricardo defendeu-se.

E, dizendo isso, fez menção de ir embora, contrariado, mas antes de sair, voltou-se para os colegas e avisou:

— Bem, eu vou estar lá no horário combinado. Quem quiser jogar que apareça. Depois não quero ver ninguém reclamando que ficou fora do time.

— Qual é, Ricardo? Fica até ridículo você vir aqui com ameaças — Lucas, retrucou.— Quem você pensa que é lá dentro, a não ser sobrinho do presidente?

— O que você está querendo dizer com isso? — Ricardo demonstrou não ter entendido.

— Você sabe muito bem o que eu estou querendo dizer, Ricardo. Não se faça de inocente — Lucas falou, enquanto voltava as costas e caminhava até a porta.

— Ei, cara — Ricardo o seguiu, aproximou-se e tocou

o colega, provocativo. — Pode ir explicando direitinho o que está querendo insinuar.

— Eu não estou insinuando nada — Lucas o enfrentou, já alterando o tom de voz. — Estou *afirmando* que você não é ninguém lá dentro para vir dizendo o que deve ser feito. Qual é o seu cargo? Puxa-saco do titio?

— Ele só pediu que eu colaborasse... — Ricardo falou, sem jeito, apanhado de surpresa com a reação do colega.

— Colabore lá com ele sem vir apoquentar as nossas cabeças. Somos sócios, pagamos nossas contas, podemos fazer o que bem entendermos lá dentro, sacou? — Lucas insistiu.

— Vocês não fazem coisa nenhuma lá dentro, a não ser jogar o tempo fora — Ricardo provocou.

— E o tempo é de quem? — perguntou Cafu. — Por que você está tão preocupado com o que fazemos ou deixamos de fazer?

— Simplesmente porque o Bira pretendia ver aquilo lá funcionando direito — Ricardo tentou explicar. — O que ele não sabia é que não estava lidando com gente civilizada. Vocês não raciocinam. Agem como verdadeiros animais!

Cafu avançou para ele e ameaçou dar-lhe um soco:

— Repete o que você disse. Quem é o animal aqui?

Priscila deu um grito assustado e começou a pedir que Ricardo esquecesse tudo aquilo, inutilmente. Chegou a puxá-lo pelo braço, mas ele se desvencilhou facilmente e chegou ainda mais perto do adversário.

— Você não sabe nem para que serve um sofá, seu troglodita! Quando sai da jaula, não sabe nem onde pôr as patas!

Foi o suficiente para que Cafu avançasse sobre ele e os dois rolassem no chão.

— Façam alguma coisa — pedia Priscila. — Segurem estes dois loucos!

Depois de alguns segundos somente, Lucas e Gil separaram os dois. Ricardo examinou a camisa rasgada, passou a mão nos lábios que sangravam e se afastou, não sem antes ameaçar o outro:

— Você que tente estragar o ambiente do clube para ver só o que acontece! Você que se atreva a estragar o trabalho do Bira que eu acabo com a sua raça... animal...

— Chega, Ricardo, — pediu Priscila. — Por favor vamos embora que eu já nem sei o que viemos fazer aqui.

Já na rua, Priscila aconselhava.

— Não perca seu tempo com eles. Agora, sim, é que eles vão dificultar as coisas para você lá no clube.

— Pois eu só queria fazer alguma coisa que desse certo, sabia? Não interessa de quem sou sobrinho! — Ricardo reclamou, exaltado.— Perco um tempo danado pensando no que fazer... cheguei a pedir para o Clóvis bolar um campeonato... Mas já vi que não vou poder contar com essa turma. Que droga!

INDICANDO CAMINHOS

À noite, em casa, aborrecido, Ricardo comentou sobre a discussão com o tio:

— Parece que eles não pretendem nada da vida, Bira! Não dá para entender!

Bira abriu uma lata de cerveja, sentou-se no sofá, bem em frente à poltrona ocupada por Ricardo, pareceu refletir um pouco, então falou:

— Você já percebeu, Ricardo, que quando as pessoas têm tudo nas mãos, têm oportunidade de fazer o que bem entenderem, ficam sem ação, sem criatividade? Já notou como os grupos, muitas vezes, gostam de ser conduzidos por alguém?

— Ninguém gosta de ser conduzido, Bira. Você não ouviu o que acabei de contar? Só porque reclamei que o pessoal não treina futebol, já acharam que eu estou dando ordens!

— As pessoas gostam de pensar que não estão sendo conduzidas, mas no fundo querem mais é isso mesmo. Ou melhor, precisam ser conduzidas para chegar a algum lugar.

— Não posso concordar com uma coisa dessas, Bira! — Ricardo respondeu.

— Pode acreditar, filho. Somos como as crianças pequenas. Reclamamos, mas gostamos que alguém nos dê a direção a seguir, um limite para não ultrapassar. Seu pessoal todo lá no clube está sem limites, portanto, sente-se perdido.

— Quanta bobagem, Bira! — Ricardo não se conformava. — Não diga uma asneira dessa!

— Você ainda vai me dar razão, rapaz. Espere só e verá. Não dou mais um mês para que você mude completamente a sua tática, se quiser chegar a algum resultado com eles.

— Bira! Se liga! Eles já não colaboram tendo liberdade total, imagine se vão me aturar impondo limites! — Ricardo gesticulava, completamente indignado com a posição que Bira insistia em assumir.

— Quer fazer uma aposta comigo? — o tio sugeriu, estendendo a mão.

— Não, cara! — Ricardo recusou-se mal-humorado e fazendo menção de sair.

— Aonde você vai?

— Ao clube, ora! Marcamos treino para esta noite, já não disse?

— E você acha que alguém vai aparecer depois do que aconteceu à tarde? — Bira duvidou.

— Ora, Bira! Eu discuti com três, ou melhor, com dois caras estúpidos. O Gil ficou na dele. Será que eles vão doutrinar todos os outros?

— Sei lá. Essa gente quando quer arrumar encrenca... — Bira resmungou.

— Pois eu vou de qualquer jeito. Nem que tenha que jogar bola sozinho. Além do mais, a Priscila ficou de passar por lá também.

— Para dar apoio moral? — Bira perguntou.

— Que seja. De qualquer modo, é bom saber que nem todos estão contra mim — Ricardo comentou, ao mesmo tempo em que abria a porta e saía.

— Vamos ver aonde vai dar tudo isso — o tio comentou consigo mesmo, enquanto sorvia mais um gole da sua cerveja.

REVIVENDO O MEDO

Priscila jantou apressada para não se atrasar para o encontro marcado e logo ouviu uma sonora bronca do pai:

— Por que a pressa, criatura? Aonde você pensa que vai?

— Vou dar um pulinho no clube, pai. Combinei com o pessoal — Priscila mentiu.

— Se o pessoal chama Ricardo... — o pai demonstrou saber com quem ela tinha combinado o encontro e logo emendou:

— A que horas pretende voltar?

— Amanhã tem aula — lembrou a mãe. — Você não pode chegar tarde.

— Eu vou buscá-la às dez horas em ponto, mocinha — o pai avisou. — E não adianta correr por que vou levá-la também. Portanto, espere até que eu termine de jantar sossegado.

— Ah, pai, não precisa! — Priscila logo avisou. — Eu não quero chegar atrasada.

— Não vou deixar que você saia no escuro — ele argumentou, preocupado.

— Ainda é cedo, pai, se eu sair rapidinho... — Priscila falou, enquanto já de pé, limpava os lábios com o guardanapo branco de linho.

— Pelo visto ela já perdeu o medo — a mãe disse.

Como que lembrando do assalto recente, Priscila pareceu titubear na sua decisão, mas sabendo que Ricardo não gostava de ficar à sua espera, insistiu:

— Mais um motivo para eu ir sozinha. Preciso dominar este medo, não é o que vocês vivem dizendo?

Sem esperar resposta, ela correu para o banheiro, escovou os dentes e os cabelos e saiu em disparada, diante do olhar de desaprovação do pai, que se limitou a lembrar:

— Não se esqueça, mocinha. Às dez horas, estarei lá na porta.

O clube ficava a poucas quadras da casa de Priscila, no bairro mais nobre e mais afastado da cidade. Ao abrir o enorme portão da casa, Priscila vacilou um pouco e pensou em aceitar a carona que o pai oferecera. A rua estava escura e deserta. Contudo, consultou o relógio e decidiu enfrentar o desafio que ela sem querer acabara impondo a si mesma.

Ela caminhou rapidamente ao longo de três quadras. O coração já acelerara seu ritmo tanto em função da pressa, como em função do medo que começava a assaltá-la. Era preciso atravessar uma quadra mais escura antes de chegar próximo ao muro que circundava o clube. Ao longe, ela podia ver o clarão das luzes, porém o trecho em que se encontrava era de um breu profundo. Arrependida da sua ousadia, Priscila sentiu os joelhos tremerem. Parou, hesitou, fez menção de voltar correndo para casa, mas sentia dentro de si que, uma vez feito isso, nem ela teria coragem nem os pais a deixariam sair sozinha nunca mais. Resolveu enfrentar a escuridão e nela mergulhou.

De repente, Priscila viu um vulto movendo-se na sua direção. As luzes do clube, ao fundo, iluminavam uma silhueta que parecia vir ao seu encontro. Apavorada, Priscila voltou a perder totalmente a capacidade de se mover. As pernas começaram a parecer pesadas demais, os gestos pareciam não corresponder mais ao comando do cérebro que lhe ordenava:

— Corra, afaste-se daí. Apresse este passo, não fique parada feito uma estátua!

O vulto se aproximava e cada vez mais ela se enrijecia. Não movia um músculo sequer.

Quando Priscila pensou em gritar desesperadamente, ouviu uma voz familiar:

— Oi, Pri. Isso que é pontualidade. Eu estava entrando no clube quando a reconheci chegando... — Ricardo falou, enquanto se aproximava dela e percebia o seu medo. — Calma! Sou eu, Pri. Por que você está tremendo?

Com dificuldade, Ricardo ajudou a menina a caminhar os poucos metros que a separavam da entrada do clube e a sentou em uma cadeira. Logo outras pessoas se aproximaram, dando inúmeros palpites. Alguns achando que ela não devia, assustada como andava, caminhar naquela escuridão. Outros, no entanto, achando aquilo tudo um exagero.

— Ela já está exagerando. O assalto já aconteceu faz tempo. Já era para ela ter esquecido.

— Que trauma, nada. Isso aí já é fita.

Ricardo fingiu não ouvir as vozes e as críticas. Fez com

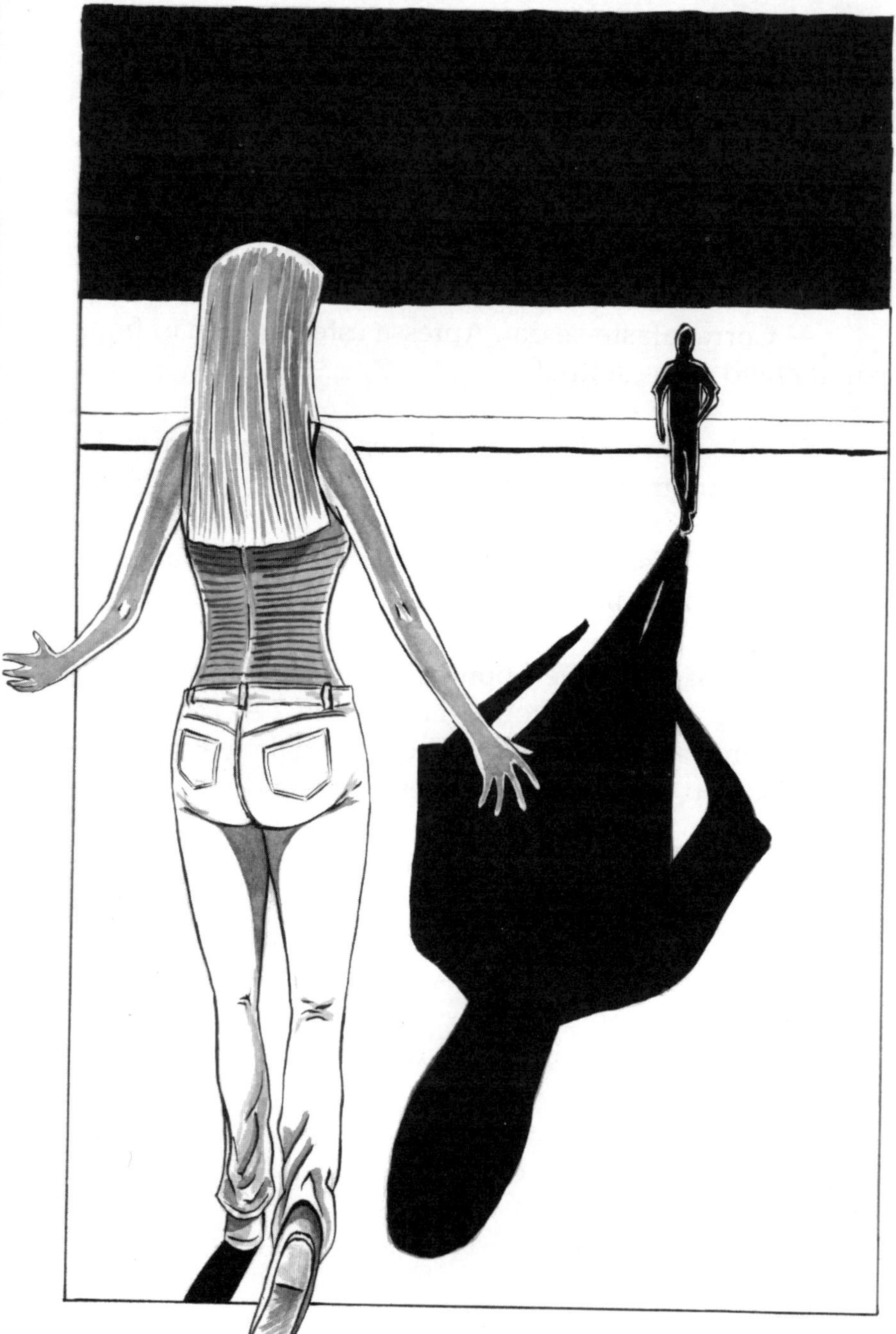

que Priscila tomasse um copo d'água e esperou que ela se refizesse do susto.

— Eu não pensei que fosse você — ela contou. — Só percebi que alguém estava vindo em minha direção...

— Pois eu fui justamente encontrá-la. Quis fazer companhia. Não pretendia assustá-la desta maneira — Ricardo tentava se desculpar.

— Por que estas pessoas estão me condenando tanto assim? — Priscila perguntou e lembrou do contraste de atitude quando estivera entre os estranhos logo depois do assalto. — Você também acha que eu estou exagerando, Ricardo?

— Eu nunca passei por isso, Pri. E não dê atenção para o que as pessoas falam. Quem nunca sentiu medo não sabe o quanto isso custa a passar.

— Mas por que na hora as pessoas me deram a maior força e aqui tudo o que ouço é esse tipo de comentário? — Priscila insistia.

— Porque lá todo mundo viveu uma situação igual — Ricardo arriscou explicar. — Pelo menos eu imagino que seja por isso. Todos lá sentiram o mesmo pavor que você, daí é muito mais fácil entender e apoiar, Pri. Vê se esquece.

— As pessoas só parecem unidas nas tragédias, não é mesmo? — Priscila falou. — Igualzinho nos filmes... Todo mundo, na hora do aperto e do medo, parece tão bonzinho e depois quando vê que tudo acabou bem, volta a agir como estranho.

Poucos minutos depois, refeita, ela acompanhou Ricardo até as quadras.

— Vou pedir para o Bira colocar alguns holofotes naquela direção — Ricardo comentou. — Está mesmo perigoso andar por ali.

— Eu sempre vim a pé — Priscila disse. — Nunca tive medo... por que agora vou ficar parecendo esta boba?

— Isso é normal, Pri. Eu pensei que você estivesse melhor, mas vejo que ainda está impressionada com o assalto. Talvez tenha que pedir ajuda a alguém...

— Você quer dizer que estou maluca? Acha então que é exagero... pode confessar — Priscila se aborreceu.

— Não — ele foi sincero. — Cada pessoa reage de uma maneira diferente. Você ficou insegura. O que não é nada justo, já que o assaltante deve estar andando por aí na maior tranquilidade — ele considerou.

— Não comente nada com meus pais nem com meus avós — Priscila pediu. — Senão vou viver numa prisão domiciliar.

— Tudo bem, mas você também vai prometer se cuidar e me avisar se continuar sentindo esse pânico todo. A cidade também não está tão violenta assim... — Ricardo comentou.

Mudando completamente de assunto, Priscila avisou:

— Olha, Ricardo. — O pessoal está na quadra. A briga não evitou que pelo menos alguém viesse treinar.

— Seria um absurdo eles tomarem partido — Ricardo comentou. — Se bem que, às vezes, tem gente que vai no embalo e nem sabe por quê. Mas vamos chegar até eles para ver como é que está o clima.

Ricardo aproximou-se do time, que o esperava como se nada tivesse acontecido. Cafu não estava presente, porém Lucas e Gil participaram do treino.

Na volta para casa, Ricardo foi caminhando tranqüilamente pelas ruas, enquanto seus pensamentos enfileiravam-se, emendando-se uns nos outros. Pensou vagamente no problema da violência que parecia querer ameaçar os moradores da pacata cidade. O que tinha acontecido com Priscila não podia virar rotina, caso contrário, os moradores deixariam de levar a vida tranqüila de sempre. Seria preciso que as autoridades pensassem a respeito disso.

E a palavra *autoridade* emendou-se num outro pensamento, o de que a sua "autoridade" — se é que ele podia chamá-la assim — estava sendo cada vez mais questionada pelos colegas. Ele não tinha mesmo imaginado que isso pudesse acontecer. Não imaginara que alguém viesse a considerar qualquer ajuda sua no clube como o exercício de um cargo para o qual não tinha sido indicado pelos sócios. Na verdade, fora exatamente isso que Cafu questionara. Talvez ele até estivesse certo. Precisaria conversar com o tio a respeito disso.

A verdade, no entanto, era que, assim como Bira não imaginara que alguém pudesse pleitear o "cargo" dado ao sobrinho, Ricardo não imaginava agora o verdadeiro vendaval que teria que enfrentar no clube por causa de Cafu e seus comparsas..

DIALOGAR É PRECISO

Na semana seguinte, Ricardo foi levar algumas pastas de seu arquivo para a diretoria. Precisava saber qual a melhor maneira de organizar uma nova papelada. Chegando lá, a secretária pediu que ele aguardasse o final de uma reunião:

— Sente-se e espere um pouco, Ricardo. Ele está com gente na sala, mas não deve demorar.

Enquanto esperava, Ricardo ficou observando a gráfica lá do alto, através das paredes de vidro que circundavam o escritório. Notou que a maioria das máquinas estavam paradas e que os funcionários estavam assistindo a uma palestra num auditório improvisado, logo à direita do saguão da entrada. Não pôde deixar de perguntar ao tio do que se tratava:

— O pessoal está tendo algum tipo de treinamento, Bira?

— Não é bem um treinamento — ele respondeu de pronto. — Uma psicóloga tem vindo aqui dar algumas palestras superinteressantes. Pena que não pude fazer com que todos os funcionários participassem. Achei que os operários da gráfica estavam precisando ouvir alguns conselhos, especialmente depois do motim.

— Aquilo não foi um motim, Bira. Foi apenas uma greve — Ricardo corrigiu.

— Com conseqüências de um motim — Bira insistiu.
— Tive um prejuízo que não vou recuperar tão cedo.

— Eu lembro — Ricardo disse. — Quase que me arrependi de ter mudado para cá, tamanho mau humor que enfrentei com você.

— Queria o quê, Ricardo? Perdi um ótimo cliente por não cumprir meus prazos de entrega. Isso nunca tinha me acontecido antes.

— Foi o único jeito que eles encontraram para pressioná-lo, Bira. É compreensível. São as armas que eles têm.

— Ora, Ricardo, sem essa! — o tio zangou-se. — Em outros tempos, em outras condições, esse tipo de pressão talvez até fizesse sentido. Mas comigo? Logo comigo? Eu não faço outra coisa senão tentar um diálogo com eles!

— Eles podem não pensar assim — Ricardo considerou. — Geralmente se acham lesados.

— Você me conhece, Ricardo. Eu não costumo explorar meus empregados. Pago o justo. Pago em dia. Dou todos os benefícios a que eles têm direito... Melhor seria eles terem vindo conversar comigo. Iam poupar muitos aborrecimentos.

— Mas talvez conversando não conseguissem o tanto que queriam de aumento.

— Mas eles não conseguiram o tanto que queriam. Mostrei a eles que era inviável! Portanto, a greve foi completamente infrutífera. Uma negociação teria sido muito mais rápida e menos dolorosa.

— Dolorosa para patrão? — Ricardo duvidou. — O patrão sempre acaba levando a melhor. Confesse, Bira.

Patrão tem o poder de fazer ameaças muito mais assustadoras.

— Olha aqui, rapaz. Não brinca com isso que você sabe que eu não gosto. Sou um patrão justo. Quem quiser trabalhar que fique numa boa. Trato esse pessoal com o maior respeito. Eu também preciso deles.

— Eu sei, Bira. E sei também que a greve atingiu exatamente quem não devia.

— Como sempre, Ricardo, como sempre. As greves sempre têm conseqüências para a população que não tem nada a ver com o problema. No meu caso, as escolas ficaram sem receber um material importantíssimo. Quando o problema é a condução, paga o pobre infeliz que quer sair de casa para trabalhar e não pode... Daí você se pergunta: o que tenho a ver com isso? Você sabe. Quem é mais atingido é exatamente quem nada tem a ver com o assunto.

— É a forma de se fazer pressão, Bira. Mostrar que o papel deles é importante e deve ser bem remunerado.

— Disso sei eu. Eles não precisam ficar me lembrando — Bira irritou-se.

— Por isso as palestras? — Ricardo voltou ao início da conversa.

— Claro. É preciso que eles entendam também o funcionamento de uma empresa. Precisam aprender a trabalhar em equipe, conhecer suas responsabilidades e limites. Aprender a refletir antes de seguir os mais exaltados impensadamente. Muitos deles acabam sendo demitidos sem saber nem por que estavam fazendo greve.

— Isso lá é verdade. As pessoas, muitas vezes, não decidem por si. Deixam-se levar pelos mais exaltados e acabam entrando bem. Mas patrão também, vez ou outra, tem que considerar o outro lado da moeda — Ricardo, como empregado que era, defendeu os demais.

— Sabe onde comecei a trabalhar, Ricardo? Sabe qual era o meu cargo? Comecei tão lá embaixo que sei exatamente me colocar na posição deles quando preciso. Só que não posso dar mais do que tenho. Pensa que eu não gostaria de consertar o mundo como vocês, jovens?

— É que tem coisa que é difícil mesmo, Bira. Daí o pessoal acaba apelando para as greves, achando que é um caminho.

— As greves não funcionam, Ricardo. Hoje em dia, elas mais irritam do que funcionam. É preciso antes dialogar, pesar os dois lados da balança... Mas diálogo é coisa que acontece cada vez menos — Bira exaltou-se, colocou o jornal sobre a mesa e continuou:

— A verdade, Ricardo, é que as pessoas perderam todo e qualquer senso de limite. Veja isso. Já leu os jornais, hoje? Só notícia ruim. Pessoas que matam pelos motivos mais absurdos, motoristas que atropelam e fogem... Ninguém respeita mais ninguém. Cada um enfiou na cabeça que pode viver sozinho, que é o dono da sua verdade e os outros que se arrebentem!

Ricardo apenas segurava o jornal entre as mãos, olhava as grandes fotos, mas não conseguia concentrar-se nas manchetes de tanto que Bira falava. Ele continuava:

— Meu pai já dizia, há anos, que as coisas estavam

mudando, que as pessoas estavam perdendo o respeito, o amor ao próximo. Ninguém mais sabia agir como cidadão. Pequenas delicadezas, que eram comuns antigamente, hoje em dia estão fora de moda. Ninguém se olha, ninguém conversa. Então fica fácil ignorar o outro. Até matar fica mais fácil. Ninguém tem envolvimento com ninguém! Como se uma sociedade fosse feita apenas de indivíduos...

— E não é? — Ricardo interrompeu-o, levantando os olhos do jornal.

— Sim. De indivíduos que têm que viver em comum com outros tantos. Ou você também pensa que o homem nasceu para viver sozinho?

— Pois eu tenho que admitir que sou egoísta, Bira. Penso primeiro em mim. Por isso vim morar aqui. E tem hora que eu acho que a gente precisa ser exclusivista mesmo.

— Mas você, de vez em quando, lembra que o outro existe, não é mesmo? Pelo menos não sai por aí desrespeitando e pisando em ninguém. Eu também sou individualista, aliás, todo mundo é. Mas sei muito bem que não estou sozinho, que preciso respeitar o meu vizinho. A verdade é que as pessoas pensam apenas nos seus próprios interesses. Se puderem sair lucrando, nada mais importa.

De repente, ele interrompeu o discurso:

— Mas não foi por isso você veio até aqui, rapaz. Diga lá quais são suas dúvidas.

Ricardo fez as perguntas e os comentários que queria a respeito dos seus documentos e Bira sugeriu uma forma de organizá-los.

— Acho que assim ficariam melhor — ele disse.

— Você é o chefe — Ricardo acatou, sem discutir.

— Não tem nada disso, Ricardo. Só estou dando um palpite porque você pediu.

— Vou fazer conforme você disse, Bira — Ricardo avisou. — Você sabe como eu sou obediente.

— Por falar em obediência, Ricardo... à noite, se você tiver um tempinho, gostaria de falar sobre o clube. Aquilo lá está virando uma baderna...

— Estava demorando muito para você reclamar — Ricardo resmungou.

— Acha que estou exagerando? — Bira perguntou a ele.

— Não. A coisa está mesmo atrapalhada. Eu só estou pensando como segurar aquela turma, sem espantá-los do clube. Acho que a competição vai ajudar. Se o pessoal estiver ocupado treinando, não terá mais tempo de criar confusão — Ricardo explicou.

— Acho bom mesmo — Bira advertiu. — Só para você ter uma idéia de como as coisas estão, o "seu" Lourenço já está pleiteando o direito de comandar o grupo de vocês.

— O sr. Lourenço? Aquele ditador que vive rondando a gente como um fiscal? — Ricardo assustou-se. — Com que direito ele pretende mandar na gente? Vai ser um desastre!

— Ele tem um forte argumento. Diz estar tentando preservar a tranqüilidade dos sócios que vão ao clube para relaxar. Mas à noite a gente conversa sobre isso — Bira cortou o assunto.

— Bom — Ricardo falou, preparando-se para sair. — Isso e mais a turma do Cafu querendo me ver longe, já sei onde vou parar. Vou ser afastado antes mesmo de poder tentar qualquer mudança!

NORTEAR TAMBÉM É PRECISO

Ricardo passou o resto do dia com aquilo na cabeça. Não podia imaginar que, além de Cafu, um outro associado estivesse tão incomodado com a sua atuação. Ele até admitia que as coisas estavam liberais demais a ponto de beirar a anarquia. Mas por que ninguém tinha vindo conversar com ele antes? Por que quando pedia sugestões, ninguém se manifestava? Tudo indicava que eles não pretendiam facilitar a sua vida e que, além disso, não hesitariam em afastá-lo de lá.

Gil comentara sutilmente que Cafu estava tentando convencer um grupo de associados a fazer uma oposição cerrada à sua liderança no clube. Devia ser aquela turma nova que tinha na cabeça apenas a versão dada pelo próprio Cafu sobre a sua posição. Agora Bira lhe dizia que o sr. Lourenço pretendia doutriná-los. Seria uma catástrofe ter que ouvir um único discurso daquele homem, revelando as suas idéias arcaicas. Isso, sim, espantaria todos do clube!

Durante todo o jantar, Bira tentou demonstrar como todos os grupos, para terem um mínimo de organização, necessitam de regras muito claras e definidas:

— Esta sua idéia de liberdade para todos é muito romântica, Ricardo, mas na prática não funciona.

— Por que não, Bira? Não são os jovens que dizem gostar de serem donos dos próprios atos? Foi isso que ofereci a eles. A oportunidade de viverem num espaço agradável, sem rédeas!

— Por isso mesmo, Ricardo. Você tirou as rédeas e os

cavalos saíram em disparada. Você pensou que todos tivessem o bom senso de se respeitarem mutuamente. No entanto, cada um pensa em si próprio somente. Já falamos sobre isso hoje.

— Mas eu ainda acredito que esta situação possa ser modificada, Bira. — Ricardo falou. — Basta que eu converse com eles e peça um pouco de ordem.

— Ilusão sua, Ricardo. Você não vê que tudo funciona a partir de limitações? Seja no trânsito — regras para ir e vir, até mesmo por questões de segurança — seja na empresa — horários preestabelecidos, regras predefinidas, das quais os operários nem mesmo participam na elaboração. Simplesmente encontram prontas e obedecem.

— Eu também encontrei uma porção de regras já determinadas quando vim para o mundo, Bira, e aprendi a viver de acordo com elas. Acontece, homem, que estamos falando de um clube, um lugar destinado ao lazer e ao bem-estar!

— Lazer e bem-estar *comuns*, Ricardo. E se é algo comum a vários indivíduos, não pode ser levado segundo a cabeça de cada um. O que você considera *sentir-se à vontade* eu posso considerar falta de educação.

— Como o caso do sofá? — Ricardo associou depressa.

— O caso do sofá, é um exemplo — Bira concordou. — O que o garoto considera sentir-se em casa, ficar à vontade, acaba incomodando as outras pessoas que já encaram aquilo como uma falta de respeito pelo espaço do outro. Como é que você pretende mostrar para eles o que é tolerável em cada situação? Isso é impossível! É preciso que eles sigam algumas regras que tenham sido definidas antes.

— E eles não podem ajudar a defini-las? — Ricardo comentou.

— Se você conseguir realizar esta façanha pacificamente, meus parabéns — Bira falou. — Geralmente, o que acontece quando se dá esta oportunidade de agir em conjunto é que o pessoal acaba discutindo tanto que o trabalho nunca é concluído.

— Você está querendo dizer que as pessoas não sabem refletir e decidir juntas o que é bom para todos?

— Geralmente não. É mais fácil você fazer uma lista, estipular limites e, depois, se possível, colocá-la em votação. Mas, mesmo assim, vai gerar muita polêmica! — Bira avisou.

— Então tudo o que fiz até agora foi errado! — Ricardo exclamou. — Aquele papo de que eles eram livres para agir conforme quisessem e tudo o mais que eu falei, era ilusão minha?

— Não é que seja errado, Ricardo. Talvez seja muito idealista. O resultado, como você viu, ficou muito aquém do que você esperava, concorda?

— Ainda assim acho que tudo é uma questão de conversarmos, Bira...

— Ricardo, pense um pouco — Bira insistiu. — Você não vê como tudo funciona dentro de certos limites? Você não vê para que servem as multas, por exemplo? Quando alguém ultrapassa um limite qualquer, geralmente vem alguém e lhe cobra uma multa. Por quê?

Ricardo esperou que ele mesmo desse a resposta:

— Porque se não tiver uma cobrança, um preço, uma conseqüência, o sujeito não vê por que obedecer as regras! É óbvio! Se você não chegar para o outro e mostrar quais são os seus limites ele, muito provavelmente, invadirá o seu espaço. É isso que está acontecendo no clube. Não existem limites para serem respeitados. Não existem regras e, se existem, não há ninguém que esteja disposto a mostrar que elas não foram observadas.

— Você está querendo dizer que ninguém sabe viver livremente? — Ricardo estava inconformado.

— Em grupo não dá para viver tão livremente assim, Ricardo — Bira insistiu. — Pelo menos não com essa liberdade total que você está sonhando. Liberdade, Ricardo, é uma coisa que você precisa conquistar. Ninguém dá liberdade ao outro, como você está pretendendo...

— Tudo bem, Bira. Eu não posso dar liberdade a ninguém — Ricardo concordou. — Seria muita pretensão minha, mesmo... Mas você acha que eu posso consertar isso colocando regras? Acha que eles irão obedecer e o problema estará resolvido?

Bira ficou pensativo e disse:

— Eu não sei exatamente como isso pode ser resolvido, Ricardo. Acho mesmo difícil tentar segurar o pessoal agora, depois de tê-los deixado tão à vontade. Só o que sei é que precisamos pensar em alguma solução, caso contrário, adeus espaço para vocês, jovens.

— Espaço... — Ricardo repetiu. — Será que o que está faltando não é exatamente isso, Bira? Um espaço físico que seja realmente nosso? Acho que daí todos teriam o maior interesse em cuidar melhor. Você mesmo tinha ficado de ver isso, lembra-se?

—O único espaço que está disponível, Ricardo, é o subsolo — Bira comentou. — Já andei pensando mesmo em tirá-los do salão e lembrei de um porão que existe abaixo dos vestiários. Tem uma escada de acesso atrás da lanchonete. Está lembrado?

— Lembro de ter ido lá quando era pequeno, Bira. Mas aquilo deve estar completamente abandonado.

— Com certeza. Mas se estiver disposto a transformá-lo... — Bira falou. — Isso, sim, manterá vocês ocupados...

— Vou dar uma espiada lá embaixo assim que puder. Quem sabe não seja esse o caminho — Ricardo decidiu.

Depois, passou as mãos nos cabelos, olhou sério para o tio e exclamou:

— Puxa vida, Bira! Por que você não me avisou que seria tão complicado quando sugeriu que eu entrasse nessa? Fez com que eu até acreditasse que seria divertido.

— Talvez por que eu mesmo acreditasse que seria divertido — Bira respondeu, sincero. — Acho que também não tinha muita consciência de tudo isso que lhe falei.

— Pois eu espero que você agora saiba o que está dizendo porque quase fundiu a minha cabeça. — Ricardo falou. — Não me agrada nem um pouco pensar que as pessoas precisem de limites para saber usar a liberdade. Parece que temos que viver sempre com medo!

— Eu não diria medo, Ricardo, eu diria responsabilidade. Temos, sim, que assumir responsabilidade por tudo aquilo que dizemos e fazemos. Acho que é uma condição fundamental para vivermos juntos.

— Pois eu não consigo me imaginar fazendo uma lista de normas e tentando depois convencer o pessoal a segui-las. Isso me parece tão antigo, não tem nada a ver! — Ricardo reclamou.

— Você não precisa ser radical, Ricardo. Seja mais sutil. Eu, por exemplo, estou espalhando cestos pelo clube inteiro com a palavra LIXO bem visível. É uma maneira de pedir que joguem os papéis no lugar certo, coisa que, pela lógica, todos já deveriam ter aprendido. Infelizmente, temos que refrescar a memória de certas pessoas, ensinando coisas que todos aprendem na infância. Você, com o seu pessoal, vai ter que fazer a mesma coisa.

—Como, Bira? — Ricardo perguntou. — Fazendo discursos? Colocando uma lista enorme de proibições? Aí, sim, é que todos vão querer me ver bem longe!

— Como eu não sei, Ricardo. O que sei é que eles têm que perceber como é bom freqüentar um lugar limpo, como é bom ser educado... Eu não sei dar receita para isso, só sei que, para convivermos bem, precisamos seguir as regras do jogo....

— Jogar é bem mais fácil do que isso, Bira. — Ricardo observou com seriedade.

— Mas até para jogar, seguimos regras — Bira reforçou sua tese.

— Vou ter que pensar a respeito de tudo isso, caso contrário, vou pessoalmente pedir que o sr. Lourenço assuma o comando daqueles vândalos — Ricardo falou, enquanto vestia um blusão e saía.

COMPARTILHANDO

Ricardo caminhou até a casa de Priscila para arejar suas idéias. No entanto, aquilo tudo o perturbava tanto que, nem bem a viu, já foi dizendo:

— Priscila, o que eu temia aconteceu. Meu tio me encostou na parede. Na verdade, ele já tinha dado uns toques. Mas, desta vez, ele pegou pesado.

— Por causa do pessoal do clube? — ela perguntou, já prevendo a resposta.

— Positivo. Segundo ele, sob meu comando, fazemos muito barulho e apresentamos zero de resultado para um clube que pretende ter uma imagem de respeito. E eu sei que ele tem razão. Também não estou gostando daquilo.

— E no início parecia ir tudo tão bem... todos pareciam dispostos a colaborar — Priscila comentou, aborrecida. — O que você pretende fazer agora, Ricardo? Aquele povo é difícil de segurar.

— Ainda não sei direito, mas vou ter que encontrar uma saída se não quiser entregar tudo de bandeja para outra pessoa. Segundo o Bira, não existe nenhum grupo que sobreviva sem um mínimo de controle. Agora no jantar ouvi um verdadeiro sermão para provar o quanto ele está certo.

— Mas ele tem que ver que um clube é diferente — Priscila argumentou. — Um clube existe para que as pessoas se divirtam e não para obedecerem regulamentos!

— Ele acha que, sem controle, as pessoas acabam invadindo a privacidade do outro, o limite do outro. Resumindo, estamos perturbando a paz dos outros sócios.

— Mas você não acha que quem quer silêncio devia ficar em sua casa? — Priscila considerou.

— Ele não está reclamando do barulho, Priscila, está reclamando da falta de organização. Às vezes eu tenho que concordar com ele. O pessoal exagera mesmo.

— E o que você vai fazer? Ditar uma série de leis? Acha que eles vão cumprir? — Priscila exaltou-se.

— Juro que não tenho a menor idéia, gata. Já até posso ver a reação daquela turma se eu insinuar que pretendo impor alguns limites ali dentro. Sou capaz de ser linchado — Ricardo fingiu estremecer com a idéia e a abraçou.

— Se precisar de minha ajuda, pode pedir — Priscila se ofereceu. — Inventar uma porção de regulamentos vai ser até divertido. Obedecê-los é que eu não sei se posso prometer.

Então, ele lembrou de contar:

— Ah! No meio de tudo isso, surgiu uma notícia que parece boa! Acho que o Bira arrumou um lugar para nós nos reunirmos.

— É mesmo? — ela ficou entusiasmada. — E que lugar é esse?

— No porão — ele respondeu enquanto a via torcer o nariz numa careta.

— Vai ser legal, Pri. Ele falou para a gente dar um trato naquele lugar — Ricardo continuou entusiasmado.

— Primeiro você limpa tudo, depois eu entro com as meninas e cuido da decoração — ela sugeriu. — Está bem assim? Não estou muito disposta a me reunir com ratos e baratas.

— Você nem viu como está o lugar! — ele falou. — Vamos dar um pulo lá amanhã?

— Só se for à noite, Ricardo. À tarde eu vou com a minha classe até a biblioteca. Temos um trabalho monstro para segunda-feira — Priscila avisou e ele concordou prontamente.

CIDADÃO EM QUESTÃO

Na tarde seguinte, Priscila recebeu algumas colegas em sua casa. Tinham combinado de encontrar-se ali para então seguirem para a biblioteca. A campainha tocou pela terceira vez e ela foi atender a porta. Da sala, Fabiola e Eugênia puderam perceber que Silvana e Fernanda estavam chegando.

— Vocês até que foram pontuais — Priscila comentou.
— A Eugênia já chegou, só falta agora a Clarisse.

— Tem certeza de que ela ficou de passar por aqui? — Silvana perguntou.

— Bem, pelo menos foi o que ela disse — respondeu Priscila, levando-as para a sala. — Vamos esperar mais um pouco.

— Boa tarde, dona Fabiola — as meninas disseram assim que entraram.

— Boa tarde, meninas — Fabiola respondeu, enquanto assistia à troca de beijos entre as meninas e Eugênia.

— Trabalhando? — Silvana perguntou a Fabiola.

— Eu e os meus prazos — Fabiola respondeu, sem desviar os olhos do computador.

As meninas, no entanto, começaram a conversar entre si, sem cogitarem que estariam atrapalhando a concentração de Fabiola. O assunto era o clube. Priscila comentou sobre o espaço que talvez tivessem, caso conseguissem limpar o porão.

— Um porão? — protestou Fernanda. — Mas não tinham nada melhor para oferecer para a gente?

— Pois eu achei a idéia interessante — comentou Silvana. — Parece coisa de filme: grupos de jovens se reúnem no porão. Dá um ar de mistério, de privacidade.

— Pois eu acho que estão mais é querendo nos esconder mesmo — Eugênia opinou. — Nós e o lixo que deixamos espalhado.

— Será? — Priscila perguntou, surpresa. — Eu não tinha pensado nisso...

— Seja como for, um porão deve ser melhor do que ficar no salão sob os olhares de reprovação daquele homem.

— Um homem que está pretendendo mandar na gente — Priscila deixou escapar.

— O que você está dizendo? — Silvana espantou-se.

— Só um zum-zum que ouvi por aí — Priscila avisou e dramatizou, brincando. — Mas fiquem tranqüilas que o meu herói não vai deixar que nada de mau nos atinja.

— Quero só ver — Eugênia duvidou. — Acho que o primeiro a dançar será ele mesmo com esta mania de achar que todos têm que se sentir à vontade...

— Você então concorda com esta história de regulamentos? — Priscila estranhou.

— Estou começando a concordar — Eugênia avisou. — Este negócio de ver gente sentada no chão, nas escadas, papéis por todos os lados também me irrita. Acho que este é o meu lado careta.

— Baderna demais eu também não gosto, não — disse Fernanda. — Vocês souberam que o meu priminho foi parar dentro da piscina dos adultos sem querer?

— Conta isso, menina! — pediu Priscila. — Não fiquei sabendo de nada!

— Aquela brincadeira de atirar roupa molhada nos outros. Aquele corre-corre em volta da piscina. O infeliz estava andando distraído e foi atropelado por dois marmanjões. Imaginem a confusão que deu.

— Coitadinho do moleque — Silvana condoeu-se. — E ela ainda o chama de infeliz, no maior pouco caso.

— Um capetinha, muito cá entre nós — Fernanda comentou. — Mas também não merecia tanta agressão.

— Mas então é por isso que estão querendo nos mandar para aquele buraco! — Priscila falou. — Querem mesmo nos tirar de circulação.

— Às vezes, até com certa razão — Eugênia considerou. — Cada um está fazendo o que quer lá dentro. Nunca vi clube funcionando desse jeito.

— Bira insiste em dizer ao Ricardo que nada funciona desse jeito — lembrou Priscila.

— Pois eu concordo inteiramente — intrometeu-se na conversa Fabiola, ainda digitando seu texto no computador.

Fabiola pela primeira vez desviou o seu olhar para elas, tirou os seus óculos e comentou:

— Coincidência ou não, a matéria que estou terminando de escrever e na qual eu venho trabalhando todos estes dias trata exatamente disso: cidadania.

— Cidadania? — Priscila estranhou. — Mas o que isso tem a ver com o que estamos falando, mãe?

— Tem tudo a ver — Fabiola falou. — Estou tentando explicar neste artigo que ela está envolvida em todas as nossas relações sociais. Em cada gesto, cada palavra, cada tipo de encontro.

— Mas o que é cidadania, dona Fabiola? — Fernanda perguntou.

— Bem, se você consultar um dicionário vai ler exatamente isso — Fabiola falou, remexendo em seus papéis. — Cidadania é a "qualidade ou estado de cidadão". Por sua vez, cidadão, significa "indivíduo no gozo dos **direitos** civis e políticos de um Estado ou no desempenho de seus **deveres** para com este".

— E daí, mãe? — Priscila demonstrou não ter compreendido a relação de uma coisa com outra.

— E daí que eu me detive nestas duas palavras: direitos e deveres e tentei demonstrar que eles existem em toda e qualquer situação que vivemos em sociedade. Um clube não foge à regra — ela explicou.

— Você está querendo dizer que, mesmo no clube, temos direitos e deveres? — Priscila perguntou.

— No clube, na escola, nas ruas... — Fabiola reforçou.

— Geralmente, as pessoas exigem muito que seus direitos sejam respeitados, mas esquecem os deveres que também têm para com o seu grupo.

— Por exemplo — disse Eugênia. — Exigimos o direito de freqüentar um clube limpo, mas esquecemos que também temos o dever de conservá-lo assim?

— Exatamente — Fabiola falou.

— Exigimos um espaço nosso, mas não respeitamos o espaço do outro, quer dizer, achamos que temos o **direito** a um espaço nosso, mas esquecemos o **dever** de respeitar o espaço do outro? — reforçou Fernanda.

— Isso mesmo, meninas — Fabiola respondeu, mais uma vez. As pessoas precisam entender que, além de indivíduos, com características e valores próprios, são também cidadãos que convivem segundo determinadas regras... Pena que não tenho este artigo pronto. Acho que serviria muito para vocês entenderem por que as coisas no clube andam de mal a pior.

— Claro, mãe! — Priscila entusiasmou-se. — Vendo por este ângulo, ficará muito mais simples o Ricardo entender que pode estabelecer limites, sem estar sendo rígido demais!

— Até porque ele pode mencionar os direitos que todos têm dentro do clube e equilibrar esta balança — Fabiola lembrou. — As pessoas ficam bem mais compreensivas quando, ao lado das obrigações e deveres, vêem estampados os seus direitos. Se vocês quiserem, eu empresto uma cópia do que estou escrevendo aqui... se ajudar...

— Pois eu vou querer, mãe — Priscila avisou, entusiasmada. — Se você acha que isso se aplica ao nosso caso.

— Respeito e educação se aplicam a todos os casos, minha filha — Fabiola comentou, voltando a colocar os óculos.

—Então a senhora também acha que o que está acontecendo lá no clube é pura falta de respeito e educação? — Fernanda falou. — E eu que quebrei o maior pau com a minha mãe dizendo que não era nada disso.

— Pois pode acreditar que ela tem razão — Fabiola afirmou ao mesmo tempo em que soava a campainha.

Todas falaram ao mesmo tempo enquanto corriam para a porta:

— A Clarisse chegou!

Fabiola voltou a atenção para o seu texto enquanto ouvia Priscila aos berros antes de bater a porta.

— TIRA UMA CÓPIA DISSO AÍ PRA GENTE, MÃE!

CONTATOS INEXISTENTES

Enquanto isso, do outro lado da cidade, um encontro importante estava prestes a acontecer. Um rapaz vestindo calça preta e camisa cinza parecia impaciente na plataforma da rodoviária. Andava de um lado para o outro e, a cada segundo, consultava o seu relógio.

Finalmente, pôde ver quando o grande ônibus surgia no final da rua e, dirigindo-se lentamente para a plataforma número quinze, estacionou e desligou os motores, provocando um ruído característico a todas as chegadas.

Ronaldo ficou esperando que a porta se abrisse. Nada podia enxergar através dos vidros. Viu, então, a descida lenta do motorista, a entrega de um papel para o fiscal que o aguardava e, em seguida, um funcionário que abria o enorme bagageiro lateral e retirava as primeiras malas.

Vários passageiros começaram a surgir na plataforma, mas nenhum deles correspondia à descrição dada por Valéria. Loura, alta, olhos verdes. Será que tinha confundido o horário da chegada dela? Ele pensou e, automaticamente, consultou a anotação feita na noite anterior: 18:30h, plataforma 15. O horário e a plataforma correspondiam, no entanto, à sua frente estava uma moça baixa, de cabelos e olhos castanho-claros que, por coincidência, usava um vestido lilás, conforme Valéria tinha combinado...

Coincidência? Ele pensou... Seria aquela a sua Valéria? Tão diferente do imaginado? Teria agora que refazer todos os seus sonhos e lembranças substituindo a imagem ideal pela realidade?

— Como vai você? — a voz suave interrompeu suas reflexões. Talvez a única coisa que estivesse de acordo com seu sonho. Aquela voz... Era ela... Aquela era Valéria.

— Eu pensei que você fosse loura e alta — foi tudo o que ele conseguiu dizer.

— E eu pensei que você fosse moreno e magro — ela respondeu.

Desfeitas as imagens mentais, encarando as imagens reais, os dois foram até a lanchonete mais próxima ver o que mais podiam descobrir de verdades e mentiras em cada um.

RECORDAR É PRECISO

Assim que saiu da biblioteca, Priscila convidou as meninas a irem com ela até o clube examinar o porão com Ricardo. Lá encontraram também Clóvis, Lucas e Valter que, ansiosos, já estavam com a chave na mão esperando por elas.

Atrás da lanchonete, eles desceram a pequena escada que levava a uma porta estreita. Ricardo demorou alguns segundos até conseguir encontrar a fechadura por causa da pouca luz. Assim que a abriu, no entanto, apalpou a parede lateral e localizou o interruptor. Todos soltaram uma exclamação tão logo ultrapassaram a soleira da porta.

— Nossa! Até que isso aqui é bem grandinho — comentou Clóvis. — Eu tinha imaginado uma ratoeira.

— Olha, gente! Quanto móvel velho espalhado por aqui... Para que servia tanta escrivaninha?

— Acho que aqui funcionava um pequeno escritório — Valter falou. — Não sei se era o almoxarifado do clube... meu pai é que sabe direito.

— Mas é meio sufocante, vocês não acham? — Eugênia falou. — Será que não tem nenhuma janela?

— O Bira falou que tem uma janela sim — avisou Ricardo. — Olhe ela ali.

— Mas será que dá pra fazer reunião aqui dentro? — Eugênia insistiu. — Acho que dá falta de ar, vocês não acham?

— Que falta de ar, menina! — Clarisse falou. — Você está impressionada porque isso aqui ficou fechado muito tempo. É o cheiro que está estranho...

— Cheiro de papel velho...

— Cheiro de mofo...

— Lugarzinho mais estranho. Acho que agora estou entendendo por que querem deixá-lo para nós — falou Priscila.

— Seu tio te ama, cara — falou Clóvis, dando um tapa nas costas de Ricardo.

— Não reclamem tanto — Ricardo pediu. — Vamos ver se tem alguma coisa que se aproveite aqui.

— Até que dá para arrumar isso aqui — comentou Silvana. — Eu pensei que estivesse bem pior.

— Eu também acho que dá para aproveitar alguma coisa — Ricardo falou. — É uma questão de limpar, iluminar...

— Ventilar... — insistiu Eugênia.

— Gente! Olha o que eu encontrei aqui — Priscila chamou todos eles para perto de um armário.

— O quê? — Eugênia correu para lá, curiosa.

— Tem uma porção de livros... Vejam. Este aqui está escrito: Atas de 1965.

— Atas? — Ricardo perguntou. — Atas de reuniões?

— É — Priscila avisou. — Eleição do presidente... Tem uma outra aqui que fala sobre os estatutos do clube...

— Tem este outro livro aqui que relaciona os sócios — avisou Valter.

— Que legal! — Ricardo comentou. —Será que o Bira não sabe que tem arquivo morto aqui em baixo?

— MORTO? Quem é que está morto aqui? — Clarisse brincou e fingiu estar tremendo.

— O "seu" Arquivo... coitado. Morreu! — Eugênia continuou a brincadeira. — Morreu velhinho, velhinho... empoeirado... fedidiiiinhoooo!

— Vocês duas aí — Priscila chamou ao mesmo tempo em que ria delas. — Venham ver uma coisa.

— Fotos? — Clóvis viu primeiro. — Veja, Ricardo, a Priscila encontrou uma caixa cheia de fotos antigas!

Todos se aproximaram de Priscila e disputaram uma boa posição para enxergar melhor o que ela colocava sobre a mesa.

— Olhe! Deve ser um baile — exclamou Eugênia. — Quanta gente esquisita! Dá só uma olhada no modelito delas! Esta turma aqui vai acabar com meu complexo, gente!

— Quem será esta mulher? Que cabelo horrível! — Priscila comentou.

— Veja esta foto aqui — Ricardo falou. — Um grupo de jovens. Parece uma festa também.

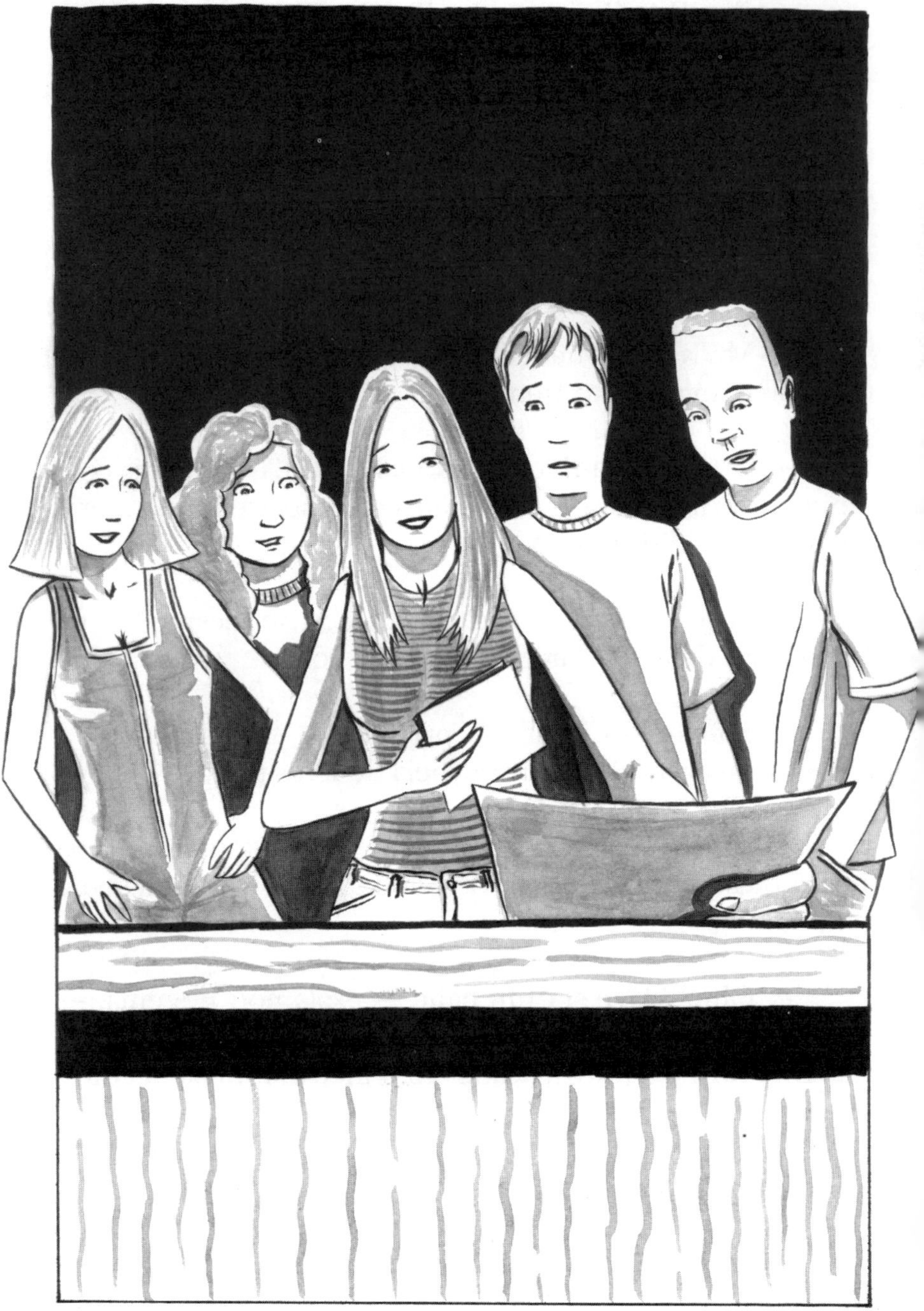

Eugênia pegou a foto da mão dele e comentou:

— Jovens? Onde é que você viu jovens aqui, rapaz? Parecem todos embalsamados!

— São jovens, sim — Ricardo reclamou, ao mesmo tempo em que ouvia Priscila gritando:

— Olha só, gente! Este aqui não é o Bira?

— Deixe-me ver — Ricardo pediu. — É... parece ser ele sim. E olha, Valter, seu pai deve ser este outro.

As meninas riam e comentavam:

— Cada cara mais estranha...

— E as roupas então? O pessoal vinha ao clube todo arrumado...

— Vinha arrumado para uma festa, Eugênia. Vou perguntar para o Bira que festa foi esta. — disse Ricardo.

Eles passaram um bom tempo examinando fotos, livros, móveis usados. De repente, a curiosidade saciada, os risos e as exclamações deram lugar a uma certa nostalgia.

— Dá pra sentir agora por que eles querem tanto colocar isso aqui de pé novamente, não dá, gente? — Ricardo perguntou. — Deve ter sido mesmo um lugar muito especial.

— Parecia mais elegante. Isso lá é verdade — Clarisse concordou.

— Meu pai conta mil histórias sobre a turma que ele

tinha aqui — Valter comentou. — Diz que o espírito do pessoal era outro, não tem nada a ver com a gente.

— Seria bom que a gente pudesse transformar este clube num lugar legal também, vocês não acham? — comentou Silvana.

— Mas eu aposto que eles não foram empurrados para o porão — Eugênia argumentou.

— Nós não temos que ficar aqui — Ricardo lembrou. — O Bira só falou para a gente ver se dava para aproveitar. De repente a gente usa como arquivo também...

— Arquivo? — Clóvis admirou-se. — Vamos arquivar o quê? As atas das nossas brigas?

— Registro de guerras — sugeriu Eugênia. — Depois a gente tira uma foto das vítimas também e põe aqui nestes livros para a posteridade.

— Eu estou falando sério, gente — Ricardo falou.

— De repente, a gente faz uma sala de visitas — Priscila voltou a bancar a otimista.

— Sala de visitas ou esconderijo? — Clarisse perguntou. — Você acha que eu vou sair do meu cafufo pra passar cinco minutos aqui dentro deste mausoléu, santa?

— É, não faz muito sentido — Priscila teve que concordar.

— O importante é que nós vimos o espaço que existe aqui — Ricardo explicou. — Depois a gente vê se terá alguma utilidade para nós. De repente, o Bira troca uma sala qualquer lá de cima por este espaço... Ainda assim acho que valeu, gente.

— Valeu o que? — Valter perguntou.

— Gostei de ter visto estas fotos — Ricardo falou. — Dá para entender melhor por que o Bira tem tanto orgulho deste clube. Ele tem uma história que a gente pode preservar.

— Será que a gente consegue? — Priscila falou.

— Está duvidando da nossa capacidade de fazer alguma coisa que preste, Pri? — ele desafiou.

— Não. Estou mais é preocupada com a oposição cerrada que certamente teremos que enfrentar. O pessoal não tem colaborado muito. E não serão estas fotos que irão emocioná-los. Alguém discorda?

Ninguém discordou. Sérios e pensativos, recolheram as fotos e as guardaram na caixa. Ricardo comentou:

— Vamos levar lá para cima para mostrar para o Bira?

— E para o meu pai também — Valter avisou.

— Ei! E para a minha mãe. Ela também tem mil lembranças daqui — Priscila avisou.

— Está certo. Mostraremos a todos que tiverem um pingo de interesse por este clube, está bem? — Ricardo anunciou.

Todos concordaram e subiram novamente as escadas.

LAÇOS AUSENTES

Os dias seguintes correram dentro de uma certa tranqüilidade. Havia no ar, porém, uma atmosfera de algo cindido. Ricardo já podia sentir claramente quem o apoiava ou não.

Muito embora ninguém mais tocasse no assunto diretamente, era fácil descobrir, a partir do modo como o tratavam, quem estava acreditando em suas palavras. Tudo o que Ricardo queria, no entanto, era que os jogos fossem um sucesso. Por ele, pelo empenho de Bira e até mesmo para provar a sua tese de que o clube podia ser um lugar muito divertido. Era importante que as torcidas não se envolvessem em disputas pessoais. Que este assunto de liderança ficasse de lado. Cafu, porém, deixava evidente que estava arquitetando algo.

Enquanto isso, Bira continuava sonhando com um lugar calmo e acolhedor para aqueles sócios que mais prestigiavam o clube. Entre eles, estava o sr. Durval, que jamais se afastara dali, ainda que o clube tivesse atravessado os seus piores dias. Foi, portanto, em sua homenagem, que Bira mandou instalar algumas divisórias, comprou poltronas confortáveis e criou, num dos cantos do salão, uma pequena sala de leitura. Completavam a decoração uma pequena estante com livros doados pelos associados e um porta-revistas, além de uma pequena mesa de centro. Tão logo a sala ficou pronta, Bira foi pessoalmente convidar o professor para uma visita ao clube e, involuntariamente, acabou fazendo uma pequena cerimônia, ao colocar, na presença de alguns poucos sócios, uma pequena placa onde se lia: **"Sala Prof. Durval"**.

— Espero que, com este recanto, o senhor volte a prestigiar o nosso clube — Bira falou, emocionado.

Mais emocionado pareceu ficar o sr. Durval que, acenando a todos como agradecimento, entrou na pequena sala, escolheu a cadeira mais próxima da janela e lá permaneceu durante o resto daquela tarde. Tudo parecia indicar que ele ali passaria todas as tardes seguintes de sua existência.

Ricardo assistiu a tudo sentado num dos sofás do imenso salão. Naquele pequeno gesto de Bira, Ricardo mais uma vez pôde compreender a dimensão do seu objetivo. Tornar o clube um lugar especial onde as pessoas de fato se sentissem bem, por serem respeitadas e bem tratadas. Era esta ligação que faltava em seu grupo, esta preocupação com o outro, este elo invisível que os aproximava simplesmente por serem sócios do mesmo clube, por repartirem o mesmo espaço de lazer. Consideração, laço, solidariedade... Seria tão difícil fazer com que eles enxergassem isso?

Exatamente enquanto pensava nisso, Ricardo viu Priscila se aproximando, trazendo nas mãos uma caixa. Atrás dela vinham outros colegas carregando um grande quadro onde pretendiam colar as fotos encontradas no porão.

— Quer ajudar a gente? — Priscila lhe perguntou e ele juntou-se ao grupo.

Enquanto colocavam o quadro e as fotos sobre uma mesa, começaram a conversar:

— Será que este pessoal aqui tinha os mesmos problemas que a gente? — Priscila perguntou. — Será que discutiam tanto quanto o nosso grupo?

— Não é o que parece pelas fotos — comentou Clarisse. — Aqui está todo mundo abraçado e sorridente.

— Era uma festa, né? — considerou Eugênia. — Vai saber o quanto eles não brigaram para organizá-la.

— Pode ser — concordou Ricardo — mas eu ainda duvido que brigassem mais do que nós. No princípio, parecia que seria o paraíso...

— E agora, está com uma cara de inferno — Lucas completou.

— Ora, Lucas, inferno porque nem todos estão dispostos a colaborar e resolveram entrar de frente, fazendo oposição cerrada — Ricardo falou em tom de censura, já que Lucas era um dos que viviam contestando.

— Você está falando do Lourenço? — Lucas perguntou.

— Não seja cínico, Lucas. Você sabe muito bem do que eu estou falando — Ricardo revidou. — Graças a uns e outros agitadores é que começaram as brigas. Não é à toa que o Bira começou a ouvir reclamações sobre o nosso comportamento.... diríamos.... inconveniente.

— Inconveniente? O que fizemos de errado? — Cibele perguntou, surpresa.

— Nada de errado — disse Ricardo. — Na verdade, por enquanto nós nem fizemos nada, além de muito barulho. Nada de nada. Estamos apenas agindo isoladamente e isso não faz o menor sentido.

— Não temos o menor entrosamento — comentou Clóvis.

— Não temos nem mesmo um certo respeito de um

pelo outro — Priscila pôs lenha na fogueira, embora pretendesse ajudá-lo.

— Quem aqui faltou com o respeito com o outro, gente? Vocês não estão vendo coisa demais, não? — Cibele observou, ao mesmo tempo em que trocava uma foto de lugar.

— Não é exatamente falta de respeito — Ricardo tentou consertar. — Não existe uma ligação entre nós... é difícil explicar. Um clube serve para unir pessoas para que juntas elas vivam alguma coisa boa.

— Não necessariamente — contrariou Guilherme — Posso vir aqui apenas para passar meu tempo.

— Não concordo — falou Clarisse. — Eu acho que a intenção da gente ao vir até aqui é para se encontrar mesmo. Caso contrário, ficaríamos em casa! Agora, isso não significa que tenhamos que estar sempre grudados fazendo as mesmas coisas.

— Mas não é isso que eu quero, imagine! — ressaltou Ricardo. — Só queria que, vez ou outra, tivéssemos algum projeto em comum. Daí a idéia da competição, que começou muito bem e depois esfriou.

— Um projeto comum muito simples poderia ser o de não usar este lugar como se fosse um lixo. Se é que me entendem... — disse Priscila, sem se conter.

— Não entendi o recado — reclamou Lucas. — Dá para explicar isso?

— Com o maior prazer. Por exemplo: gente deitada no sofá, lixo esparramado no chão, barulho demais, falta de educação... essas coisas — Priscila falou, sem medo de provocar uma discussão.

Ricardo fez um gesto de quem tenta contemporizar, mas era tarde. Os ânimos começaram a se exaltar.

— Ela está dizendo que somos porcos? — Cibele falou, já com outro tom de voz.

— Vocês querem transformar isso aqui numa escolinha? — Lucas debochou. — É o que está parecendo. Nem a minha mãe diz onde que eu tenho que jogar o papel!

— Pois devia — retrucou Priscila.

— CHEGA, PESSOAL! — pediu Ricardo. — Vamos parar com esta linha de conversa porque já, já, vai virar discussão. Vocês estão vendo como a gente não se entende mesmo? Sabem o que falta na gente, pessoal? Um mínimo de consideração pelo outro!

— Agora eu concordo! — Clarisse quebrou o gelo, abraçando Priscila e colando o rosto no dela, fazendo pose. — Ia ser tão bom tirar umas fotos como estas e botar num quadro para a posteridade! Todo mundo abraçado e sorridente.

Quando encerraram o quadro, Ricardo ficou a sós com Priscila e comentou:

— Até casal tem que entrar num acordo pra poder morar junto! Sempre alguém tem que ceder um pouco. Por que imaginei que aqui, com tanta gente envolvida, pudesse ser diferente?

— E o que você pretende fazer agora?

— Acho que vou dar uma olhada nas queixas e sugestões que o pessoal colocou no papel e tentar bolar alguma coisa que faça sentido. A verdade é que todos estão insatisfeitos, mas ninguém se manifesta...

— A não ser para reclamar depois que a coisa já estourou... — completou Priscila. — Mas e se isso não der certo?

— Vou fazer as minhas regras sozinho — falou Ricardo.

— E se eles não obedecerem? Você sabe como eles são resistentes quando querem — Priscila insistiu.

— Aí eu devolvo a bomba para o meu tio e ele que coloque alguém bem rígido para segurar esta parada. Azar deles — Ricardo considerou.

— Azar nosso — corrigiu Priscila. — Porque perderemos nossa autonomia por culpa de uns loucos.

— Bem — considerou Ricardo. — Isso se o Cafu não entrar na jogada e pleitear o posto para ele. Bem que tenho visto ele rondar por aí cercado de gente nova... Com certeza, está conquistando o apoio deles.

— Mas isso significa que você também terá que procurar apoio, Ricardo! Sozinho também será difícil lutar contra ele.

— Estou sabendo, Pri — Ricardo falou e pareceu pensativo — Estou sabendo...

De repente, ele comentou:

— Sabe de uma coisa, Pri? Eu me sinto um idiota, às

vezes, querendo ensinar a eles como devem se comportar. Não é uma coisa careta demais?

— Pode ser careta, Ricardo, mas você vê outro caminho? — Priscila considerou. — Acho que seu tio tem razão. Pra tudo é preciso haver um mínimo de ordem. Senão, a coisa pega feio!

— Mas você já imaginou, Priscila, que tipo de competição teremos neste clima de rivalidade?

— É mesmo — ela falou, com ar preocupado. — E os jogos começam no próximo sábado.

— Daqui a três dias — ele lembrou.

— Vai dar tudo certo, Ricardo — ela procurou animá-lo.

— Tomara que você esteja certa, Pri, porque isto tudo já está começando a me aborrecer. — Ricardo comentou. — Acho que não tenho a menor vocação para isso.

— Não tem vocação para ser mandão? — ela ainda brincou — Ah! Isso muito me interessa.

Ao passarem pela nova saleta, não puderam deixar de observar o sr. Durval entretido em uma nova leitura.

COLHENDO FRUTOS

A competição ia seguindo seu curso, definindo os melhores times de cada grupo. Aos poucos, já se delineava, no grande quadro afixado no ginásio de esportes, quais seriam os times que disputariam as finais. No tênis e na natação, as coisas já estavam mais definidas. Alguns participantes já tinham suas medalhas garantidas.

Bira estava satisfeito com a movimentação do clube. Famílias inteiras assistiam aos jogos, adultos torciam por seus filhos, vibravam, levavam bandeiras coloridas, vestiam camisas das cores dos times, identificando suas preferências. O clima era de euforia, quase lembrando os velhos tempos. Ele acreditava que, a partir dessa união e, em seguida, com a confraternização que seria promovida pela festa, tudo voltaria a entrar nos eixos. Estava certo de que, depois dessa vivência, os jovens aprenderiam sozinhos a valorizar aquele espaço.

Bira afastou-se da quadra onde uma partida de futebol estava chegando ao fim. Colocou as mãos nos bolsos da calça e caminhou por entre os canteiros do jardim, satisfeito. Podia orgulhar-se do seu trabalho. Entre os adultos, já tinha conseguido um certo entrosamento, incentivando uma série de pequenos eventos. Dias dedicados a jogos de salão, dias dedicados a filmes... Pensava em, brevemente, promover um campeonato entre eles.

Ele se dirigiu à sua sala para fazer algumas ligações. Estava ocupado em levantar alguns orçamentos para a festa que seria realizada ainda no calor dos jogos. Não pretendia deixar aquele clima esfriar.

Antes de entrar na sua sala, contudo, acenou para Eugênia e Ronaldo que conversavam em um dos bancos do corredor.

— Eu queria contar uma coisa para você, Eugênia — Ronaldo falou.

— Para mim? — ela estranhou.

— É. Esses dias temos conversado tanto... depois que começamos a freqüentar o clube, parece que ficou mais fácil a gente se encontrar, não é mesmo?

— É... — ela falou, sem entender aonde ele queria chegar.

— Pois então, Eugênia. Lembra-se da Valéria?

— Valéria? — ela fingiu ter esquecido o nome, mas mentalmente falou: "Claro! A dona Frígida?"

— É. A minha namorada. Eu encontrei com ela a semana passada — ele contou.

— Verdade? E como foi? — ela perguntou, sem querer demonstrar toda a sua curiosidade.

— Bem... digamos que foi... estranho — ele admitiu. — Não foi como eu esperava.

— Decepcionado? — ela perguntou.

— Mais ou menos. Na verdade não tenho motivo para ficar decepcionado, Eugênia. A garota até que é bem legal...

— Como assim, bem legal? — ela perguntou, enciumada.

— Parecia tudo certo, mas estava tudo errado. Você me entende? — ele explicou, confuso.

— Não.

— É que eu não me senti como esperava. Descobri que gosto mais de conversar com ela pelo computador do que pessoalmente... quer dizer... parecia que eu estava conversando com outra pessoa...uma estranha.

— Você não gostou dela? — Eugênia perguntou, enquanto lembrava dos comentários de Fabiola: "o que interessa é o olho no olho, a pele..."

— Não teve emoção — ele resumiu. — Não senti o que tinha imaginado.

— Às vezes a gente imagina tanto uma cena e, quando chega a hora, a gente se decepciona — Eugênia falou. — Acontece isso comigo também. Faço mil castelos e depois vejo tudo desabar.

— Acho que foi mais ou menos isso que aconteceu, Eugênia. Eu pensei tanto antes em como as coisas aconteceriam, idealizei tanto que, na hora, fiquei decepcionado.

— E ela?

— Acho que ficou decepcionada também. Nunca mais ligou — ele falou, tranquilo.

— Você ficou aborrecido? — Eugênia sondou.

— Não — ele respondeu, sincero. — Isso não é estranho? Do jeito que eu estava vidrado nela!

— Vai ver que não era nela que você estava vidrado. Era na Valéria que você imaginou — Eugênia falou.

— Será isso? — ele disse. — O que sei é que não senti esta coisa boa que sinto quando converso com você.

— Comigo? — Eugênia corou. — Coisa boa?

— É — ele continuou. — Gosto de ficar perto de você. Cada dia tenho sentido mais isso.

Eugênia sentiu-se invadida por uma alegria tão intensa, que seus olhos brilharam ainda mais. Não se deu conta exatamente do que ele disse a partir de então. Levemente zonza, imaginou dona Frígida embarcando no primeiro ônibus e mentalmente exclamou: BINGO!

Mais tarde, ao juntar-se aos seus colegas, ouviu o comentário de Clarisse.

— Eugênia... você anda com uma carinha ultimamente...

— Que carinha? — Eugênia perguntou, corando.

— Uma carinha diferente... — Clarisse falou. — Acho que você tem tomado muito daquele seu chá milagroso.

— Chá? — Eugênia perguntou, antes de dar-se conta do que a menina queria dizer com aquilo. Então, ao entender, simplesmente lançou para ela um enorme sorriso.

CONTATOS SEM TATO

A alegria de Bira com o andamento dos jogos durou pouco. Na semana seguinte àquela em que tudo parecia um mar de rosas, realizaram-se os jogos finais. O jogo mais comentado e mais concorrido era exatamente o de futebol de salão masculino a ser disputado pelos time A da chave 2 contra o time B da chave 5. Durante todo o campeonato, os dois times tinham se destacado bastante dividindo agora a torcida em apenas dois grandes grupos. A rivalidade era grande, especialmente pelo fato de que, em cada um desses times, estavam jogando Ricardo e Cafu.

Naquela manhã, o clube ficou lotado. As arquibancadas mal comportaram tantos torcedores e o jogo correu tenso. O juiz teve muito trabalho em manter um clima cordial entre os jogadores. A cada segundo, eram cobradas novas faltas, dois jogadores tiveram que ser expulsos e, finalmente, num lance crucial, no final da partida, um dos times sentiu-se prejudicado e reagiu.

Da reação a mais uma punição, foi um passo. Da nova punição a uma reação ainda mais violenta, foi outro passo. E, desta última reação mais violenta a uma verdadeira briga, foi uma questão de segundos.

Cafu e Ricardo pareciam dois galos de briga enfurecidos no meio do campo, cercados pelos outros jogadores que, ao invés de contemporizar, mais os instigavam à luta. Ricardo, geralmente tão ponderado, foi o primeiro a perder o controle. Há tempos vinha tentando manter-se calmo com as atitudes de Cafu e acabou escolhendo o pior momento para esquecer disso. Avançou no adversário com fúria e o derrubou. Daí, todos perderam o controle. So-

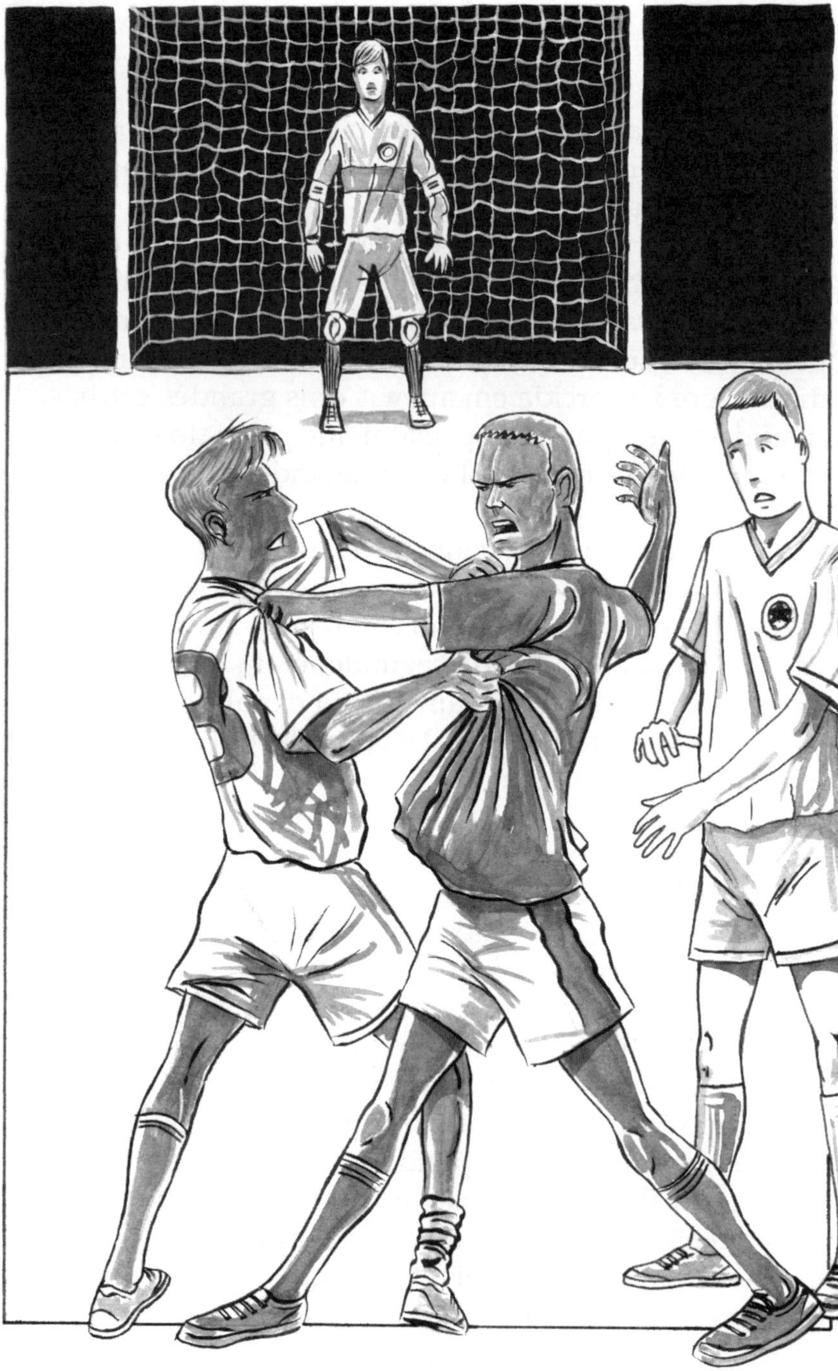

cos, pontapés, empurrões e gritaria. Assim terminou a partida.

Com muita dificuldade, os jogadores foram contidos e retirados do campo. Cafu saiu com o rosto sangrando, insultando Ricardo com todas as suas forças. Ricardo não fez diferente. Gritando furiosamente, não se dava conta nem mesmo de seus ferimentos. Só mais tarde constataria a fratura de um dedo da mão direita, o olho roxo, além de vários outros hematomas.

O juiz não teve outra alternativa senão cancelar a partida e anunciar que o prêmio seria dado aos terceiro e quarto colocados. Sob protestos e discutindo entre si, o público abandonou a quadra e circulou agitado pelo clube até que Bira veio lhes falar. Visivelmente aborrecido, Bira não só lamentou o acontecido como anunciou que estava cancelada a festa de encerramento marcada para o sábado seguinte.

— Infelizmente... — disse ele — ...enquanto não soubermos conviver digna e pacificamente neste clube, não teremos motivos para comemorações.

Depois, já na sua sala, Bira foi obrigado a ouvir os protestos dos adultos e a exigência do sr. Lourenço para que, efetivamente, algum adulto responsável assumisse o controle da Ala Jovem.

Cansado e abatido, Bira não encontrou nenhum argumento para rebater tantas queixas.

REAÇÃO EM CADEIA

Na noite seguinte, Ricardo, ainda exibindo todas as marcas da briga em seu rosto, assistia à televisão em seu quarto, quando o telefone tocou:

— Ricardo, sou eu, a Pri — ele ouviu do outro lado da linha. — Como vão as coisas por aí?

— Uma droga, Pri — ele respondeu.

— O Bira está pegando muito no seu pé?

— Coitado do Bira... — Ricardo comentou. — Ele anda tão aborrecido que nem fala. Não acredito que ele ache que eu seja o único culpado. Vou esperar um pouco para falar com ele.

— Pois então, sente-se — Priscila falou. — Não quero aborrecer você ainda mais, mas tenho uma fofoca de primeira mão. Quer saber?

— O que é? — Ricardo perguntou, curioso.

— Acabo de saber que o Cafu reuniu-se com o pessoal no clube e lançou a sua candidatura. Declarou guerra a você. A chapa dele vai se chamar *Ação*, como se ele fosse de fazer muita coisa — Priscila arrematou, maldosa.

— Mas nem ficou decidido que haverá eleição ainda — Ricardo estranhou. — Além disso, eu nem tenho cargo nenhum lá dentro do clube! Vão eleger quem para fazer o quê?

— Não sei — ela respondeu. — Mas pode ficar preparado que ele vai dar um jeito de conseguir isso. Vá anotando as suas propostas e pensando num nome para a sua chapa.

— Quem está do lado dele? — quis saber Ricardo.

— O Lucas, o Rodrigo e a Cibele eu tenho certeza. O resto não sei.

— Provavelmente o Gil — Ricardo lembrou.

— Acho que o Gil vai ficar do nosso lado. Quem parece que vai aderir ao Cafu é o irmão dele, o Cícero.

— Ah! Traidor... — Ricardo falou. — Ele parecia estar de acordo comigo... Mas quando aconteceu tudo isso?

— Depois do jogo de ontem e durante o domingo inteiro. Você nem quis aparecer por lá!

— Nem tinha clima, Pri. Depois do que aconteceu! — Ricardo justificou-se.

— Pois então pode começar a entrar em ação se quiser manter a sua posição — Priscila sugeriu.

— Que posição, Pri? — Ricardo resmungou. — Este pessoal ficou maluco... Será que o sr. Lourenço vai entrar nessa brincadeira também?

— É bem provável. Ele tem andado atrás do seu tio indignado com o nosso comportamento. Está fazendo pressão, com certeza. Bem... agora tenho que desligar...só quis avisá-lo para que você não fosse apanhado de surpresa.

— Surpresa não foi, mas não pensei que eles estivessem com tanta pressa de agir — Ricardo comentou. — Foi bom você ter ligado, Pri. Valeu.

— Tá bom. Um beijo nesse seu olho roxo. Espero que ele sare logo — ela falou. — Agora desliga...

— Você primeiro — ele falou.

— Ah, Ricardo! Você sabe que eu não tenho coragem...

— Eu também não... — ele disse. — Adorei por você ter ligado em edição extraordinária, sabia? Eu estava me sentindo tão mal.

— Eu também... Agora vou dormir mais contente — ela falou. — Mas, então, desliga...

— Primeiro você.

— Você primeiro.

— Vamos desligar juntos — Ricardo combinou. — Vou contar até três. Boa noite, Pri. Um... dois... três.

Assim que encerraram a conversa, Ricardo desligou a televisão, apagou a luz e deitou-se no escuro do quarto. Pretendia dormir. No entanto, na sua cabeça surgiam várias idéias para serem apresentadas aos sócios e que sempre lhe pareciam exageradas, antiquadas, inadequadas a um grupo de jovens que pretendia se divertir. Depois de poucos minutos, tudo começou a girar em sua cabeça e a ficar nebuloso, até que o sono o dominou completamente.

AS REGRAS DO JOGO

Ricardo e Priscila passaram quase todo o sábado seguinte no clube. Quando Ricardo chegou, ela já havia consultado uma porção de colegas para saber quem ficaria a favor de Ricardo. Foi correndo contar para ele:

— Tem uma porção de gente que vai votar em você, Ricardo! Quase todas as minhas amigas estão do nosso lado...

— Mas elas não sabem nem mesmo o que vou propor. Como é que já decidiram qual a melhor chapa? — Ricardo estranhou.

— Isso eu não sei, acho que confiam em você.

— Não é assim que a coisa funciona, Pri — Ricardo falou, enquanto caminhava apressado e era seguido por ela. — Temos que fazer as coisas direito. Passo a passo. E o primeiro passo é saber se vai ou não haver eleição. Vamos procurar o Bira, pois até ontem ele ainda não tinha decidido se ia entrar nessa... Eu não o vi hoje cedo.

— Vamos ter que acatar este pedido, Ricardo. As pressões estão aumentando. Reclamam do barulho, da sujeira, das brigas, das correrias em volta da piscina, da falta de segurança dos pequenos... quer ouvir mais? — Bira avisou o sobrinho assim que foi consultado.

— Está bem, Bira. Só não entendo que cargo é esse que eles pleiteiam, se nunca tive cargo nenhum.

— Vamos chamá-lo de Coordenador ou coisa parecida

— Bira falou. — O nome não importa. Importa mais é a função que a pessoa vai assumir de mediador ou orientador dos jovens. Vocês mesmo estão pedindo que assim seja.

— Tudo bem, Bira — Ricardo defendeu-se, entendendo a censura. — Se você quiser, eu até saio fora disso e deixo o caminho livre para o Cafu. Por que não dá logo o posto para ele? Se você preferir, não precisamos nem mesmo fazer esta eleição.

— Não precisa ficar zangado, Ricardo. Você sabe que não estou contra você. Só que acho preferível deixar que o pessoal escolha o próprio líder para não ouvir reclamações posteriores... Ah! E, além disso, o Lourenço vai concorrer também.

— Você só pode estar brincando, Bira! — Priscila intrometeu-se na conversa dos dois, olhando-os espantada.

— Pois não estou não. Querem ler as propostas que ele está apresentando? — Bira falou, estendendo para eles alguns papéis.

— Imagino que tudo deva ser proibido — Ricardo comentou.

— Quase tudo — Bira avisou. — Portanto, mãos à obra, garoto. Trate de mostrar aos seus colegas que você tem algo mais conveniente a oferecer para eles.

Ricardo e Priscila afastaram-se dali depressa, já pensando em uma linha de ação. Então correram para a sala de leitura do prof. Durval, fecharam a porta e se concentraram para escrever os pontos a serem apresentados em sua chapa.

— Você trouxe os papéis que eu te dei, Priscila?

— Sim — disse ela, enquanto vasculhava a bolsa a tiracolo e retirava uma porção de pequenos papéis amassados. — Mas você precisa primeiro escolher o nome da sua chapa.

— O nome não é importante agora, Pri. Daqui a pouco vou ter que mostrar a todos que tenho alguma coisa interessante a oferecer seja lá com o nome que for.

— É assim que se faz uma campanha? — Priscila perguntou. — Nessa correria toda?

— Não sei porque nunca fiz uma, Priscila, mas o fato é que o Cafu já começou a dele ontem à noite e o sr. Lourenço até mesmo redigiu a sua proposta. Só eu que fiquei de braços cruzados. Que bobeada a minha.

— Agora não adianta chorar, Ricardo — ela falou, firme, enquanto se sentava no chão diante da mesinha de centro e examinava os papéis. — Vamos ver o que temos aqui. Este diz o seguinte:

O que gosto

- *de poder dar opiniões*
- *de ter liberdade*
- *de vir ao clube*

O que não gosto

- *de ver lixo no chão*
- *das paredes sujas*
- *de ficar parada*

— Esta pessoa é bem prática. Já listou suas preferências, apesar de não ter dado sugestão nenhuma. — Mas vamos seguir adiante — disse Ricardo, anotando alguma coisa no papel.

— Este aqui diz assim: *Gostaria de ter atividades combi-*

nadas com antecedência ao invés de perder horas inteiras discutindo o que fazer e não chegar a acordo nenhum.

— Muito bom — falou Ricardo. — Parece que eles querem mesmo se organizar. Podemos sugerir reuniões semanais.

— Outro — disse Priscila, enquanto desamassava um papel: *Tenho duas perguntas a fazer: 1. Isso é um mural ou tortura visual? 2. Qual a finalidade dos cestos de lixo?*

— Ponto para este — Ricardo comentou, continuando a escrever rápido para não esquecer: "é proibido colar papéis nas paredes; é proibido jogar papel no chão". — Parece mesmo que a desordem não tem agradado a ninguém.

— Então por que ninguém disse? Precisávamos chegar aonde chegamos? — reclamou Priscila, enquanto abria um outro: *Mais ação e menos discussão.*

— Esse fala só isso? — Ricardo perguntou.

— Você acha pouco? — Priscila respondeu — Ele foi curto e grosso e resumiu o que vem sendo feito o tempo todo.

Nesse instante, a porta se abriu e os dois se assustaram.

— Calma... Não pretendia assustá-los — falou o sr. Durval, entrando e fechando a porta atrás de si. — Encontro sempre a sala vazia... não esperava ter companhia hoje.

Enquanto o sr. Durval caminhava em direção à sua poltrona, Ricardo e Priscila já se levantavam do chão, recolhiam os papéis da mesinha de centro e se preparavam para sair.

— Aonde vocês vão? Podem ficar à vontade — sr. Durval falou.

— Não, senhor — disse Priscila. — Nós estamos conversando e vamos acabar atrapalhando a sua leitura.

— Bobagem — sr. Durval disse, fazendo um gesto com a mão como quem discorda. — Um pouco de companhia não vai me fazer mal. É assunto sigiloso de namorados ou eu posso ouvir?

Ricardo riu e contou:

— Sigiloso... não ... Na verdade estamos tentando fazer rapidamente uma proposta para apresentar ao pessoal. Vai ter eleição para o cargo de Coordenador da Ala Jovem e eu quero me candidatar.

— Coordenador... — o sr. Durval repetiu. — Fiquei sabendo o que anda acontecendo por aqui e acho que tem gente precisando mesmo ter alguém que os coordene. Deixe-me ver o que vocês têm aí.

Priscila e Ricardo estenderam os papéis que tinham nas mãos, avisando:

— É só um rascunho... Estávamos apenas começando...

— Sentem-se — o sr. Durval pediu, enquanto examinava as anotações de Ricardo. — Vamos ver se posso ajudá-los... É proibido... é proibido... Não acho bom colocar desta maneira.

— Esse é o segredo? — perguntou Priscila.

— Um dos segredos — o Sr. Durval contou. — Apenas um dos segredos. Existem outros como: lealdade, respeito... O seu eleitorado precisa confiar em você.

— Eleitorado... — Ricardo repetiu a palavra. — Mas isso me parece coisa de político. Eu nunca pretendi participar de uma coisa assim.

— Quem se candidata a um cargo só pode estar fazendo política — o sr. Durval comentou sem tirar os olhos dos papéis. — Mas não veja isso como algo negativo, meu rapaz. Tudo o que você aprender aqui dentro só vai ajudá-lo a entender melhor a vida lá fora. É tudo igual...só muda o tamanho.

— O senhor alguma vez já viveu uma situação como esta? — Ricardo perguntou. — Já teve que liderar um grupo como o nosso sem parecer autoritário e careta?

— Isso que vocês têm aqui não me parece um grupo — ele comentou. — Pelo menos não ainda. Quando eu era jovem, pertencia a um grupo de verdade. Éramos unidos, coesos, tínhamos ideais comuns. Então quase não precisávamos de comando.

— O senhor acha que é isso que falta por aqui? União?— perguntou Priscila.

— Acho sim, Priscila. — Vocês estão agindo individualmente, isoladamente e assim não há grupo que sobreviva.

— Mas eu não entendo uma coisa — falou Priscila. — Todo mundo não vive dizendo que a gente tem que ter personalidade firme, saber o que quer? Então, por que quando estamos juntos temos que estar sempre cedendo para o outro?

— Não é bem assim — o sr. Durval retrucou. — Acontece que o ser humano vive duas realidades distintas e não se dá conta disso. Por um lado, ele tem que sobreviver como indivíduo, íntegro e seguro, conforme você está colocando, mas, por outro, ele não pode esquecer que é um ser social que precisa aprender a se relacionar com o seu semelhante.

— E uma coisa exclui a outra, por acaso? — Ricardo perguntou.

— Não, claro que não — o sr. Durval reforçou. — E aí é que está o problema. Porque o homem, atualmente, tem valorizado tanto o seu aspecto individual que se confunde todo quando tem que se integrar com o coletivo. Em grupo, precisamos saber respeitar, ouvir, ceder, ponderar... e isso, como vocês estão sentindo, é um exercício difícil para quem vive pensando em si mesmo o tempo todo.

— Então o homem tem que ser um equilibrista e saber conviver com esses dois mundos — Priscila concluiu. — Mas como ele vai saber que está de um lado ou de outro?

— Isso é fácil, Priscila. A maior parte do tempo, nós convivemos com os outros. É fácil perceber quando você pode agir por sua conta e risco ou quando a questão envolve uma segunda pessoa.

—E basta ter uma segunda pessoa para que a gente tenha que parar de olhar só para o próprio umbigo — Ricardo colocou. — Estes grupos então podem ser pequenos ou grandes.

— Exatamente — falou o sr. Durval. — Às vezes, envolve uma questão bem simples com o seu vizinho. Outras, envolve uma questão maior e as pessoas precisam se organizar.

— Como aqui no clube — Ricardo falou.

— E o clube é apenas uma amostra pequena — explicou o sr. Durval — mas ajuda a entender bem o que acontece numa escala maior.

— Será que isso explica a atitude solidária do pessoal na hora do assalto? — lembrou Priscila, que então explicou para o sr. Durval como tinha estranhado a união das pessoas num determinado momento. — Dentro do ônibus, por causa do assalto, formamos um grupo de amigos.

— Existe isso também — ele reforçou. — Grupos momentâneos que se tornam solidários em determinada situação e, uma vez resolvido o problema, voltam a agir como estranhos.

— Mas não é uma loucura isso? — Priscila comentou.

— É e não é — disse o sr. Durval — porque, se você for se envolver em todas as mazelas do mundo, se for sofrer a cada notícia do jornal, não conseguirá levar a sua própria vida adiante.

— Mas aí o senhor já está dizendo que a gente não deve se envolver — Ricardo contestou. — Afinal, a gente deve ou não ser solidário sempre?

— Solidário, sempre — o sr. Durval considerou. — Às vezes, atuando mais diretamente, outras, mantendo distância, mas, no mínimo, tendo consciência do problema e se questionando até que ponto somos responsáveis. A verdade é que a gente faz parte da história, mas não percebe isso no dia-a-dia. A maior parte do tempo só enxergamos dentro de limites bem estreitos. O homem não tem muita noção da sua contribuição pessoal para o mundo.

— E a gente também só se preocupa com as pessoas bem próximas — Priscila lembrou.

— Como se apenas elas fizessem parte do nosso mundo e da nossa história particular — o sr. Durval explicou.

— Isso significa que aqui no clube temos que deixar o nosso lado pessoal em segundo plano?

— É. É claro que continuarão sendo os mesmos indivíduos de sempre, com suas convicções pessoais, só que vocês vêm até aqui para conviver, para agir como um grupo - o sr. Durval concordou. — Portanto, o que vocês precisam é, em primeiro lugar, definir um objetivo comum, algo que justifique a presença de **todos** aqui. Senão, para que se reunir?

— Acho que é pelo fato de que compartilhar tudo isso com outras pessoas é muito mais divertido e lucrativo — disse Priscila.

— Concordo — ele falou. — Quem quer solidão não freqüenta clubes. Eu sou o exemplo vivo disso.

— Em segundo lugar, — ele continuou — depois de definirem o que buscam aqui, vocês precisam estabelecer algumas poucas regras para que esta convivência seja pacífica. Assim como estas que vocês estão colocando, porém em outro tom. Querem ver?

Então ele leu as anotações de Ricardo:

— Veja isto, por exemplo. Ao invés de dizer "é proibido jogar lixo no chão", já que proibição é coisa que ninguém tolera, escrevam como uma das normas "manter o ambiente limpo e agradável para todos". Existem outras regras que são básicas...

— Continuo achando isso um tanto ridículo — Ricardo interrompeu seu raciocínio.

— O que é ridículo, Ricardo? — o sr. Durval perguntou.

— Esta história de eu ter que definir regras para conviver dentro de um clube. Isso é um absurdo!

— Mas você é teimoso mesmo, hein, Ricardo? — Priscila bronqueou e dirigiu-se para o sr. Durval.

— Eu gastei toda a minha saliva explicando a ele a matéria que a minha mãe escreveu sobre cidadania, seu Durval. Tem tudo a ver com o que estamos passando aqui e com o que acabamos de falar. Lá ela deixa claro que temos direitos e deveres que precisamos observar em todas as situações... e ele ainda acha que **aqui** não pode estabelecer limites!

— Não só pode como deve — o sr. Durval reforçou. — Essa é a única maneira de definir qual é o seu espaço e qual é o do seu vizinho. As regras vão nortear aquilo que você pode ou não fazer para não desrespeitar o outro. É mesmo uma questão de cidadania, como a Priscila falou. Uma questão que se aplica a qualquer ambiente onde convivam seres humanos — o sr. Durval fez uma pausa e emendou — ou, pelo menos, deveria ser.

— Veja, Ricardo! O sr. Durval agora está falando igualzinho a minha mãe. Pena que eu não tenho uma cópia do artigo aqui comigo. A revista vai sair esta semana!

— Pois eu gostaria de ler essa matéria, Priscila. Depois você me arruma uma revista? — o sr. Durval pediu.

— Claro! — Priscila falou, orgulhosa, e continuou.— Uma coisa que a minha mãe disse, sr. Durval, é que ao lado das regras, ou seja, dos deveres, poderíamos citar os direitos de cada um. Para contrabalançar, o senhor entende? Para fazer com que as pessoas se lembrem de que têm direitos também.

— E que só podem exigir esses direitos se fizerem a sua parte de deveres — ele completou.

— Isso mesmo! É como ela diz — empolgou-se a menina. — Não posso exigir um clube limpo se não faço a minha parte também. E o Ricardo ainda assim fica com esta dor de barriga toda!

O sr. Durval riu do jeito de ela falar e voltou-se para Ricardo, mas, antes que lhe dissesse alguma coisa, Ricardo explodiu:

— Está certo, Pri. Eu vou fazer as regras que me der na cabeça e os outros vão ter que acatar. Então decido que é proibido usar chinelos na área da piscina. Pronto!

— Ora, Ricardo, mas por que você iria proibir um absurdo desses? — Priscila perguntou.

— Porque eu quero — Ricardo revidou, mas o sr. Durval interveio com a pergunta:

— Meu filho... você já ouviu falar em bom senso?

Diante do silêncio do rapaz, ele continuou:

— Existe uma coisa chamada bom senso, Ricardo. É claro que no clube uma regra como essa que você acabou de inventar seria um absurdo. Num restaurante fino, porém, ela já faria sentido... — o sr. Durval explicou. — Tudo depende de onde estamos. Não devemos acatar toda e qualquer imposição. É preciso antes que elas tenham sentido! Que se use o bom senso!

— E se uma regra não fizer sentido para uma pessoa e ela desrespeitá-la? Será que eu devo dizer: "Oh! Sinto muitíssimo. Se ela não faz sentido para você, tudo bem..."? — Ricardo ironizou.

— É claro que não, Ricardo. As regras devem valer para todos. Só que elas devem ser coerentes. Você não vai proibir que alguém tome sol na piscina, por exemplo, mas pode proibir o uso de bronzeadores. Por quê? Porque o uso de bronzeadores compromete a qualidade da água e isso prejudica a todos... Esse é um fato... Tem lógica E, desse modo, fica mais simples esperar que os outros acatem uma regra. É mais ou menos assim que funciona.

— E se eu quiser que eles participem da elaboração dessas normas e jamais entrarmos num acordo?

— Existe algo que se chama maioria — o sr. Durval explicou. — A *maioria* deve decidir o que é bom para todos ou não. Se uma regra for coerente e beneficiar ou proteger a maioria, ela não será desrespeitada, Ricardo.

— Ainda que a pessoa não esteja inteiramente de acordo com ela? — Ricardo duvidou.

— Desde que ela tenha uma razão de ser, ainda que eu não concorde com ela, devo admitir que concordei de antemão com algo maior do que a regra em si, ou seja, **que a maioria vence**. E se a maioria optou por ela, eu só posso acatá-la — o sr. Durval explicou.

— Ainda que contrariado — Ricardo insistiu.

— Claro, Ricardo. Você pensa por acaso que concordo com todas as normas que preciso cumprir? No entanto, sei que não posso remar contra a maré.

— A menos que elas estejam prejudicando a maioria — Priscila reforçou.

— Exatamente — o sr. Durval concordou.

— Aí, então, eu posso ir lá bater na porta das autoridades e pedir que a regra perca a validade? — Ricardo duvidou outra vez. — Não acho que isso aconteça! Uma vez instituída a norma, todo mundo fecha o bico.

— Sozinhos, nós, geralmente, apenas reclamamos ou fechamos o bico sem chegar a lugar algum — o sr. Durval concordou. — Porém, o que costuma acontecer, quando alguma coisa perturba de fato, é as pessoas se organizarem e exercerem uma pressão razoável para ver se conseguem algum efeito.

— Em grupo, o senhor quer dizer... — Ricardo refletiu — ...tipo sindicatos, essas coisas...

— Isso mesmo — o sr. Durval concordou. — Aí deixamos de agir individualmente e unimos forças com outras pessoas que tenham os mesmos interesses. Nessas horas, pelo menos, as pessoas esquecem de olhar só para o próprio umbigo, como você colocou.

— Como nas grandes tragédias ou como no assalto do ônibus — Ricardo emendou.

— Isso mesmo. Grandes reivindicações, campanhas de solidariedade... enfim, quando os calos de todos doem ao mesmo tempo — o sr. Durval resumiu, irônico. — Aí, todo mundo vira amigo!

Ricardo levantou-se e andou de um lado para o outro da sala como que refletindo em tudo aquilo e, de repente, colocou:

— O clube então seria uma miniatura daquilo que você pode observar na sociedade toda? As pessoas se unem, especialmente quando têm um objetivo comum... Como é que eu nunca percebi isso?

— É porque certas coisas vão ficando tão incorporadas na gente, desde cedo, que vamos agindo automaticamente. Você não precisa mais parar para pensar que não deve jogar lixo na rua, por exemplo — o sr. Durval ensinou. — É um comportamento automático.

— Ihhh! Então acho que tem muita gente que não incorporou nada disso, sr. Durval, ou não funciona no *automático* — Priscila riu. — Papel no chão é coisa que não falta por aqui.

Ricardo acompanhou a risada, mas perguntou, preocupado:

— E daí, gente? Como é que ficam as minhas regras? Como é que eu coloco o que pretendo no papel? Não sei nem por onde começar.

— Pelo que percebi quando cheguei, vocês estão com muita pressa — o sr. Durval comentou.

— Estamos mesmo — Priscila avisou. — O "seu" Lourenço já entregou a proposta dele e o Cafu deve estar também com tudo pronto.

— Mas como as eleições ainda não foram marcadas vocês poderiam redigir isso com calma. Não seria melhor? — o sr. Durval sugeriu.

— O problema não é só o tempo, "seu" Durval. — Ricardo confessou. — O pior de tudo é que eu não sei fazer uma proposta, defender uma plataforma... nada dessas coisas. Sabe marinheiro de primeira viagem?

— Vai precisar de ajuda? — o sr. Durval perguntou.

— Adoraríamos — Priscila antecipou-se. — Tudo o que temos são estas sugestões que o Ricardo teve a feliz idéia de pedir a eles um dia, ainda antes da confusão ficar do tamanho que está.

— Isso e uma porção de idéias confusas na cabeça — Ricardo completou.

— Pois então, que tal nos encontrarmos amanhã no final da tarde, aqui nesta sala? — o sr. Durval sugeriu.

— Não atrapalhamos? — perguntou Priscila, encantada em poder contar com a ajuda dele.

— Não... eu até que gosto. Faz com que eu relembre meu tempo de professor — ele respondeu e dirigiu-se a Ricardo. — Enquanto isso, você coloca em ordem as idéias que ainda estão confusas na cabeça.

Os dois recolheram todos os papéis espalhados sobre a mesa e se despediram. Assim que saíram da sala, Ricardo comentou:

— Sabe como vou começar a colocar as minhas idéias em ordem? Tentando descobrir o que cada um deles está propondo.

— Claro! — Priscila comentou. — Assim você vai ficar sabendo contra quem está lutando.

E, dizendo isso, os dois foram atrás das propostas dos outros candidatos.

É PROIBIDO PERMITIR

A proposta do sr. Lourenço não era muito longa. Tinha sido a primeira a ser colocada no mural e foi aí que Ricardo e Priscila ficaram sabendo o nome da chapa: *Revolução*.

— Revolução? — Priscila começou a rir. — Isso é bom ou é ruim?

— Vindo de quem vem, acho que será como andar para trás — Ricardo aderiu ao riso dela.

— Vamos dar uma olhada no que ele está propondo — Priscila falou e começou a ler alto:

Os jovens precisam ser preparados para o mundo... Para isso, devem contar com a experiência daquele que já viveu cada uma das situações com a qual eles se deparam e se apavoram... É preciso uma mão forte para conduzi-los...

— Pode parar por aí — Ricardo a interrompeu. — Que coisa horrível!

— Já imaginou ter um cara desses pegando no nosso pé? — Priscila perguntou.

— Eu deixo de ser sócio na hora — Ricardo decidiu. — Não ficaria dois minutos ouvindo as baboseiras que esse velho tem para dizer.

— Mas não é por ser velho — Priscila lembrou. — Você não viu que cabeça boa tem o "seu" Durval?

— É verdade — Ricardo falou. — Se fizerem questão de deixar que um adulto nos oriente, vou implorar de joelhos para que o "seu" Durval se candidate. Com ele teríamos alguma chance.

— Com o "seu" Lourenço é clima de quartel, mesmo... Mas quem vai ganhar é o meu gato! — Priscila falou, enquanto arrumava uma mecha dos cabelos dele.

— Será, Pri?... Eu nem sei ainda o que vou propor a eles.

— Basicamente o que já vinha propondo — ela lembrou. — Que todos participem, tragam sugestões ... só o que estava faltando mesmo era estipular estes limites que você odeia e sem os quais ninguém se respeita.

— Mas depois dessa embromação toda, o que é que o homem está propondo? — Ricardo perguntou.

Então eles leram a lista interminável de proibições que o sr. Lourenço pretendia impor. Dentre elas:

- *É proibido fazer barulho após às 22:00 h.*
- *É proibido realizar reuniões sem a presença do coordenador.*
- *É proibido marcar qualquer evento sem o prévio conhecimento do coordenador e da direção do clube.*

— Quer mais? — Priscila perguntou a Ricardo.

— Não precisa, Pri. É tortura da pesada só de ler, imagine isso aí na prática.

— Mas será que alguém terá coragem de votar nele?

— Eu espero que não, Pri. Sinceramente. Para o nosso bem e do Bira que, certamente, terá o clube vazio novamente.

— Vamos ver o que diz o Cafu — ela sugeriu, dirigindo-se ao segundo documento.

É PROIBIDO PROIBIR

— Nossa, Ricardo. O Cafu já entra de sola nas propostas, quase não tem nenhum texto de introdução.

— Não precisa mesmo enrolar, Pri. O que importa é o que o cara tem em mente... Mas ouça isto: *A chapa AÇÃO, como o próprio nome diz, pretende agir.* — Você agüenta uma frase dessas?

— Pois este aí é capaz de dar trabalho — Priscila comentou. — A Fernanda contou que ele vai realizar uma porção de competições esportivas, festas monumentais... Estão até falando de uma viagem!

— Mas prometer só não adianta — Ricardo falou. — Precisa ver se ele vai cumprir.

— Isso eu sei, Ricardo. Mas, com um discurso desses, ele está conquistando uma porção de gente. Não é como o "seu" Lourenço que faz discurso para uma meia dúzia de amigos.

— O que você está querendo dizer com isso? Que eu não tenho chance? — Ricardo perguntou.

— Pois se eu acabei de dizer que você vai ganhar! Ora, Ricardo, eu estou querendo dizer exatamente o que eu disse: que esse aí vai dar trabalho. Só isso!

— Por que você pensa assim? — Ricardo insistiu.

— Porque o pessoal vai ficar impressionado com a lábia dele. Você sabe, o Cafu tem presença, leva jeito para liderar — Priscila foi sincera.

— Qual é a sua, Priscila? — Ricardo zangou-se. — Quer levantar o meu astral ou quer que eu desista já?

— Quero que você vá em frente, sim, Ricardo, até porque vejo um probleminha na plataforma dele — Priscila falou, enquanto lia o documento. — Veja só. Se o "seu" Lourenço pretende proibir tudo, para o Cafu, ao contrário, parece que tudo vai ser permitido:

- *É permitido participar de todas as decisões do grupo.*
- *É permitido divulgar toda e qualquer mensagem nos murais espalhados pelo salão social.*
- *É permitido usar as dependências do clube para ensaios, estudos, lazer...*

— Pô! Mas agora é que ele ganha mesmo! — Ricardo zangou-se. — Ele está pregando a liberdade total que eu queria e que vocês bloquearam!

— Pois é aí que está o problema — Priscila mostrou. — Você viu aonde a sua liberdade total foi parar, não viu? Liberdade demais vira baderna, Ricardo, e as pessoas já aprenderam isso. Esse monte de *é permitido* pode não emplacar também.

— Você acha mesmo?

— Claro! Continuo achando que temos que caminhar no meio-termo. Deveres e direitos, não se esqueça — ela frisou.

— Então a minha plataforma vai ficar no meio do caminho, nem proibir demais, nem permitir tudo? E, ainda por cima, usando bom senso? — Ricardo falou. — Isso quer dizer que na minha será permitido proibir.

— Isso mesmo. E não o contrário: proibido permitir — ela ressaltou.

— Nossa! Agora ficou confuso... — Ricardo brincou. — Não pode ser proibido permitir porque senão eu não posso permitir nada...

— Por outro lado, — ela o interrompeu — tem que ser permitido proibir, porque daí você pode proibir algumas coisas — Deu pra sacar?

— Nadinha — Ricardo falou.

— Eu explico melhor. Se eu proíbo permitir, eu não permito nada; por outro lado, se eu permito proibir aí eu posso proibir o que eu quiser... — Priscila falou bem depressa.

De repente, ela parou, olhou bem para ele que, fixando os olhos na ponta do nariz, fazia-se de vesgo e perguntou:

— Ricardo? Aconteceu alguma coisa?

— Deu nó... — ele brincou.

— Nó onde? Nas idéias?

Diante da confirmação dele, ela aderiu à brincadeira, dizendo:

— Ahhh! Coitadinho... Foi demais para a cabecinha dele...

Ele não conseguiu manter-se por mais tempo naquela encenação e caiu na risada. Ao que ela comentou:

— Só espero que os seus eleitores não tenham visto a sua cara, Ricardo. Caso contrário, adeus vitória!

É PERMITIDO PROIBIR

No dia seguinte, lá estavam os dois novamente para conversar com o sr. Durval.

— Vamos ver se hoje este documento sai, Pri — falou Ricardo. — Já me perguntaram se eu desisti de participar, você sabia?

Priscila, no entanto, não respondeu, distraída que estava com o que acabara de ver.

— Olhe só o que está acontecendo agorinha mesmo — ela mostrou, enquanto o levava até a porta que dava acesso às quadras.

Reunidos na quadra de basquete, alguns jovens ouviam o candidato oponente, Cafu, com visível interesse.

— Puxa! Esse pessoal se impressiona fácil! — Ricardo comentou. — Será que vai sobrar alguém pra votar em mim?

— Com certeza — Priscila brincou. — Eu, o "seu" Durval e, muito provavelmente, seu tio.

— Só vocês? — Ricardo fingiu aborrecer-se.

— Claro que não, Ricardo. Também não é tanta gente assim que está na quadra. Só estou brincando com você para ver se melhora essa sua cara preocupada. Logo mais a sorte estará lançada, rapaz! Vamos que o "seu" Durval já deve estar nos esperando.

— Oi, "seu" Durval — Priscila o cumprimentou sorridente. — Está disposto a fazer mais um sacrifício?

— Não é sacrifício nenhum — o sr. Durval comentou — Eu até já andei escrevendo algumas linhas... Vocês sabem como um velho aposentado adora estas novidades...

— O que o senhor já escreveu? — Ricardo perguntou.

— Bem, Ricardo, eu tentei suavizar um pouco as suas proibições, conforme estávamos falando ontem, evitando mesmo usar o termo *proibido*. Ao mesmo tempo, listei alguns direitos que eles devem lembrar que possuem, como sugeriu a Priscila.

— A mãe da Priscila... — Priscila corrigiu.

— Posso ver? — perguntou Ricardo, pegando a folha de papel que estava sobre a mesinha.

— Claro! — o sr. Durval respondeu. — São apenas algumas sugestões sobre a forma de abordar as coisas. Você saberá melhor o que colocar aí.

Então Ricardo leu em voz alta:

• *As atividades de grupo serão estabelecidas a partir de reuniões periódicas.*

• *Os horários estabelecidos para a utilização das quadras esportivas deverão ser rigorosamente respeitados.*

• *As normas e os locais de silêncio deverão ser rigorosamente observados de acordo com os regulamentos do clube.*

— Aqui vocês podem mostrar que a norma vem do próprio clube — o sr. Durval ensinou. — Na verdade, não é você quem proíbe e sim o regulamento.

Ricardo assentiu e continuou:

• *A divulgação de eventos, cursos e promoções em geral somente poderá ser feita através de mural especial, colocado em lugar visível, porém que não comprometa o visual e a estética do clube.*

• *Competições, shows, festas e demais eventos que utilizem as dependências do clube só poderão ser organizadas mediante o consenso da maioria.*

— Vocês perceberam quais são as regras? — o sr. Durval interrompeu. — Aqui ou em qualquer lugar, essas regras funcionam porque têm como princípio o respeito ao próximo. Você sabe que não pode fazer algo que incomode o outro, assim como não gostaria que o outro lhe incomodasse. É toma lá dá cá. É tudo uma questão de ética...

— Ética... — interrompeu Ricardo — Meu tio também andou falando sobre isto.

— O Ubirajara... — disse o sr. Durval — ...ou Bira, como ele insiste em ser chamado... Ele pode lhe dar bons conselhos já que vem realizando um bom trabalho no clube.

— Pois aí está uma palavra que eu não entendo, "seu" Durval — Ricardo admitiu. — O que é isso? Ou melhor, como vou saber o que é ético ou não?

O sr. Durval pareceu escolher as palavras:

— Minha mãe dizia que para saber o que era ético, bastava seguir o seguinte ensinamento: *Amai o próximo como a ti mesmo*. Mas eu, particularmente, sempre preferi aquele que diz: *Não faça para o outro aquilo que não quer que façam para ti*.

— No fundo, não são a mesma coisa? — Priscila indagou.

— Não — o sr. Durval discordou. — Eu posso até achar que amo o outro e não refletir sobre as coisas que faço para ele. No entanto, o segundo ensinamento já me levará a uma reflexão, cada vez que eu tiver que agir.

— Dê um exemplo — Ricardo pediu.

O sr. Durval pensou por alguns segundos e então falou:

— Vejamos. Você não encontra nenhuma placa proibindo que alguém fique debruçado na sacada da varanda atirando coisas nas cabeças dos outros, mas odiaria que alguém fizesse isso com você. O exemplo é meio bobo, mas serve para você entender — ele comentou. — Então, antes de jogar alguma coisa, você pára, reflete, e decide não executar aquela ação, apesar da não-proibição.

— Quer dizer que, se eu ficar na dúvida, devo inverter as posições e ver se gostaria que fizessem a mesma coisa comigo? — Priscila perguntou.

— Assim parece simples — Ricardo comentou. — Mas eu sei que esta questão de ética é muito mais complexa.

— Certamente — o sr. Durval concordou. — É tema para filósofos de primeira grandeza. Mas no nosso dia-a-dia, podemos simplificar as coisas.

— Eu fico pensando numa coisa, "seu" Durval — Priscila falou. — Será que todo mundo tem que ficar assim moldado, quadrado, bitolado para viver em grupo? A gente só

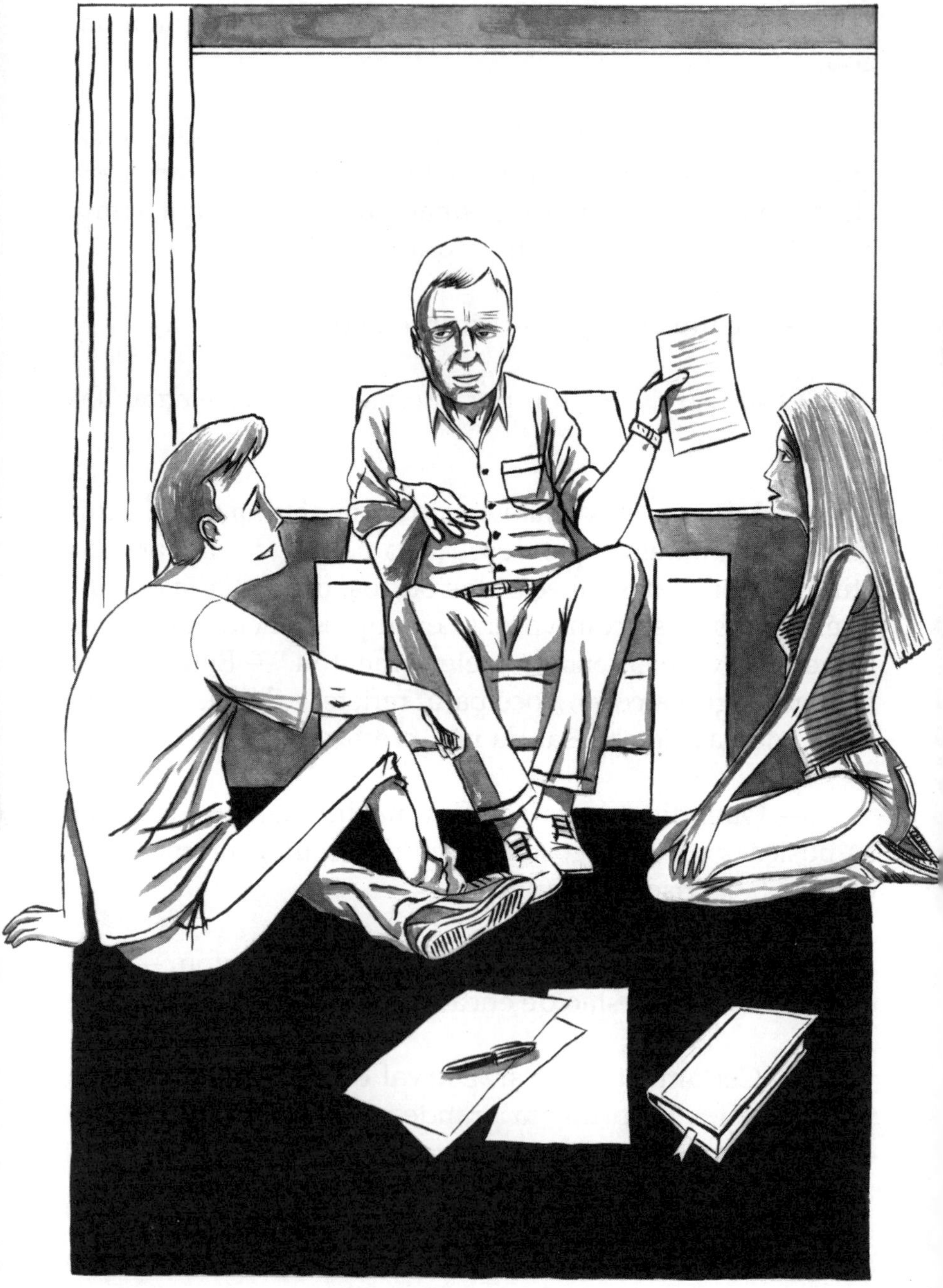

pode viver assim, nessa coisa rígida de normas, regras. Isso tudo é sufocante, o senhor não acha?

— Se você olhar por este lado, o de que as regras apenas cerceiam e limitam, sim — ele explicou. — Mas você pode, ao invés disso, ver o lado bom dessas regras que é o de garantir que o **seu** espaço e os **seus** direitos também sejam respeitados. Além disso, você não precisa ter uma rigidez que cega. Vez ou outra será preciso questionar se uma regra faz ou não sentido.

— E nunca desrespeitar nada? — Ricardo perguntou.

— Se você agüentar as conseqüências, pode até desrespeitar — ele disse. — Mas você sabe que tudo tem um preço e, geralmente, alto.

— Inclusive excesso de liberdade — Priscila falou.

— Exatamente. Tudo o que é radical demais, extremado demais não pondera, não questiona, não enxerga o todo — ele concluiu. — E isso não é nada bom.

— Bem, o senhor ajudou bastante adiantando esta lista. Basicamente, o que pretendo propor está aqui. Na verdade, são regras que se aplicam sempre, aqui um pouco mais suaves, talvez por se tratar de um clube — Ricardo falou.

— Mais suaves desde que não firam os direitos de ninguém — completou Priscila.

— Vamos então terminar de colocar tudo no papel? — Ricardo sugeriu. — Depois ainda preciso correr na sala do Bira e digitar isso.

Então, procurando lembrar de todas as situações que fatalmente enfrentariam no seu dia-a-dia, eles terminaram de redigir a proposta, com um elemento novo que os seus adversários não tinham considerado.

— Acho que esta idéia de ressalvar quais são os nossos direitos foi muito boa — comentou Ricardo. — Aí eu não me sinto impondo tanto as coisas, mas sim, lembrando o que deve ser feito para que esses direitos funcionem.

— E Viva a minha mãe! — comemorou Priscila. — Ela e quem pediu que ela escrevesse sobre cidadania na hora certa!

— É verdade, Priscila — concordou o sr. Durval. — Tudo isto que nós estamos escrevendo não são nada mais, nada menos do que regras de convivência para o exercício da cidadania. Tema importante e tão em desuso. Não esqueça que me prometeu arrumar uma revista emprestada. Acho ótimo que alguém esteja tocando nesse assunto nos dias de hoje.

— Emprestar não, "seu" Durval. Eu vou *dar* uma revista para o senhor. Faço questão de pagar do meu próprio bolso. Depois do tanto que o senhor tem nos ajudado, acha que vou ter coragem de pedir a revista de volta?

Ele sorriu e pegou o papel que Ricardo lhe estendia para ver se faltava alguma coisa.

— Acho que está ótimo, Ricardo. Se você escrever demais, o pessoal acaba não lendo. Aqui já dá uma boa idéia do que será a sua plataforma.

— Ótimo! — disse Priscila. — Agora falta só encontrar um nome para a sua chapa, Ricardo.

— Ihhh! Estou sem a menor inspiração hoje... — Ricardo comentou.

— Qual é a sua posição principal? A sua linha mestra? — o sr. Durval perguntou.

— Desde o início, o que eu queria oferecer a eles era liberdade. Porém, da maneira que eu via as coisas, não foi possível.

— Eles não deixarão de ser livres por obedecerem estas pequenas regras — o sr. Durval comentou. — Liberdade e responsabilidade sempre estiveram juntas.

— Agora eu posso ver isso — Ricardo falou. — Mas, já que eu não posso oferecer liberdade total, pretendia ao menos ouvir todas as opiniões, deixar que todos participassem em conjunto das decisões.

— Então você tem que dar à sua chapa o nome de alguma coisa assim que tenha dois lados — sugeriu Priscila. — Algo que deixe claro que você vai examinar os dois lados de qualquer questão.

— Por que dois lados? — o sr. Durval quis saber. — Se ele vai ouvir todo mundo, pode se preparar para ouvir muitos lados...

— Então a minha chapa vai ter que se chamar *Cubo*? Fica esquisito, não acham? — Ricardo falou, já torcendo o nariz.

— Eu ia sugerir outra figura que pode ter várias faces também — o sr. Durval falou. — Tinha pensado em *Prisma*.

— *Prisma* é ótimo! O senhor é demais! Adorei o nome! Se o Ricardo ganhar, o senhor vai ser nosso padrinho — Priscila pulou, entusiasmada e fez o convite sem consulta prévia.

— Eu também gostei do nome e concordo com o que você acabou de inventar — falou Ricardo sorrindo e olhando no relógio. — Pri, acho que está na hora de oficializar isto aqui. Vamos lá para o escritório do Bira?

— Sente-se mais preparado agora? — o sr. Durval perguntou.

— Estou bem mais seguro — Ricardo avisou. — Antes eu não conseguia porque não estava enxergando esta coisa de regras como algo bom para todos. Agora entendo por que elas são necessárias.

— O senhor não gostaria de se candidatar também? — Priscila brincou. — Eu até que gostaria de obedecer um.... alguém com a sua cabeça.

— Um velho, você ia dizer — o sr. Durval deixou-a desconcertada. — Não precisa corar, menina. Eu entendo muito bem o que você quis dizer e posso garantir uma coisa: não vou me candidatar, mas faço questão de votar na chapa de vocês.

— Obrigada pela força, "seu" Durval — Ricardo falou, apertando a mão dele com força.

— Foi um prazer, acreditem. E apareçam sempre. Quero saber as novidades! — ele respondeu, sorridente.

CONVIVENDO

Quando Ricardo e Priscila entraram no escritório de Bira, ele olhou no relógio e exclamou:

— Por hoje chega! Já trabalhei demais.

Então, ajeitou alguns papéis em sua mesa, levantou-se e recomendou:

— Pode usar o que precisar, Ricardo, mas não esqueça de desligar tudo e passar a chave na porta.

— Está certo, Bira. Não pretendemos demorar muito. Até que a minha proposta não ficou tão grande assim.

— Depois é só deixá-la em cima da minha mesa que eu prego no quadro amanhã. Tchau para vocês.

Antes de sair do clube, Bira passou pela lanchonete. De longe, avistou três casais de antigos associados, conversando ao redor de uma das mesas: Plínio e Fabiola, Roberto e Claudete, Marieta e César.

— Pode ser um refrigerante, dona Ana? — ele pediu, enquanto se juntava ao grupo.

— Que vida boa, não é, gente? — ele brincou. — Vocês, sim, quando vêm ao clube é para relaxar. Só um louco como eu viria arrumar trabalho por aqui.

— Pois continue trabalhando, Bira, para que a gente possa continuar curtindo a vida — falou César.

— Como vão as coisas?— Bira quis saber, dirigindo-se a todos.

— Parece que agora, tranqüilas — comentou Fabiola.
— Depois de muita briga e agitação, parece que você pôs a moçada para trabalhar com esta história de eleição.

— Só que com isso nós perdemos a nossa festa — reclamou Marieta.

— Faremos outra — Bira anunciou em primeira mão. — Até porque eu já tinha assumido compromisso com uma porção de gente. Talvez a gente comemore a eleição e os ânimos agora mais tranqüilos. Mas não espalhem isso por enquanto. Vamos fazer uma surpresa para os garotos.

— Por falar em eleição — perguntou Claudete, mãe de Ronaldo, — nós também vamos poder votar?

— Claro! — Bira avisou. — Todo sócio que quiser, desde que tenha mais que doze anos.

— Ah! Que pena! — brincou César. — Então eu vou ficar de fora. Doze anos?

Todos riram.

— Quem aqui vai votar no Lourenço? — Marieta perguntou.

— O voto não é secreto? — Roberto lembrou. — Eu então não vou poder responder que não voto nele de jeito nenhum!

Todos riram novamente.

— E por quê? — Fabiola quis saber.

— Deixe estas coisas para os jovens. Eles precisam

aprender a se ajeitar sozinhos. Vocês não acham? — ele argumentou, ajeitou-se na cadeira e continuou explicando seu ponto de vista.

— Eu, pelo menos, penso que isto é o certo. Vou votar no candidato do meu filho. O sobrinho do nosso amigo, aí — ele falou, apontando para Bira. — Acho mesmo que este garoto vai ganhar. Pelo que meu filho conta sobre suas idéias... E, cá entre nós, *Revolução* nem pensar.

— E nós nem precisamos perguntar em qual chapa o Bira vai votar — Claudete disse.

— O meu voto, sim, é secreto — Bira lembrou e deu um gole na bebida gelada. — Não posso influenciar ninguém.

— É a primeira vez que está havendo esta eleição, não é mesmo? — perguntou Plínio. — No nosso tempo, a gente não precisava de coordenador.

— Éramos todos descoordenados por conta própria — arrematou Roberto. — A mesma bagunça a que assistimos hoje, com a diferença que, com a memória fraca, não lembramos os detalhes mais escabrosos.

— Não lembramos ou não comentamos para que eles não descubram? — Bira perguntou.

Enquanto todos riam dos comentários, viram Ronaldo e Eugênia passarem na direção da piscina.

— Com quem ele está, Claudete? Não é a Eugênia? — perguntou Marieta.

— *Santa* Eugênia, você quer dizer — Claudete corrigiu. — Vou mandar canonizar essa menina.

— Por quê? Desencalhou seu filho? — César brincou.

— Não — Claudete explicou. — Porque fez com que ele desmanchasse o namoro com o computador. Acreditem se quiserem.

—O quê? Seu filho então estava namorando com uma *máquina*, Roberto? — César, brincalhão, tornou a provocar.

— Pois é — falou Roberto. — Já ouviu falar em namoro via Internet? Dá para entender uma coisa dessas? Ao invés de querer a garota por perto e namorar de verdade, eles me inventam de usar o computador. Depois dizem que nós é que estamos gagás!

— Para mim, podem inventar a moda que quiserem... Isso aí nunca vai mudar.. Namorar o homem aprendeu faz tempo... — ressaltou César, estalando os dedos. — E a receita é uma só: olho no olho. Senão não dá contato... o carro não pega.

— Eu acho isso preocupante, sabiam? — comentou Marieta. — As pessoas já estão tão distantes umas das outras, tão individualistas... só falta agora esse contato através de uma máquina. Isso não pode dar certo!

— É o progresso... comentou Bira.

— Retrocesso — eu diria — observou Plínio, pai de Priscila. — Nem tudo o que é moderno funciona. Vocês já não sentiram o que o progresso está fazendo com nossa cidade? Assalto, desemprego... A Priscila, minha filha, outro dia mesmo foi assaltada...

— Meu bem... — Fabiola o interrompeu. — Não veja

só o lado negativo das coisas. Esqueça esse episódio. Sua filha está bem e os jovens sabem muito bem o que é bom. Veja só se o Ronaldo não sabe que é melhor estar com a Eugênia por perto!

Então ouviu, satisfeita, o comentário de Marieta:

— Essa menina está tão bem, não é mesmo? Parece ter mudado tanto!

— Elas estão todas ficando moças... — falou César, cuja filha tinha quatorze anos. — Cada vez que olho para a minha filha, levo um susto.

— Susto levei eu quando soube que o *meu filho* estava namorando via Internet — comentou Roberto.

— Por isso o *Santa* Eugênia? — Fabiola perguntou.

— Você ainda acha pouco? — Claudete frisou. — Estou achando esta menina um encanto.

— Ela é realmente um encanto — Fabiola falou com um secreto orgulho, enquanto alguém ainda observava:

— Olhem só a que horas o Durval vai para casa! Esse, sim, aproveita o clube como ninguém.

— Admiro tanto esse homem — Claudete disse. — Tão inteligente, tão culto! Vocês já conversaram com ele?

E o papo continuou a fluir, livre, leve e solto, entre os antigos amigos.

CONTATOS ENTRE IGUAIS

Na segunda-feira, como vinha fazendo ultimamente, Ricardo passou depois do expediente na loja do "seu" Nicola para encontrar Priscila.

Lá encontrou "seu" Nicola reunido com os comerciantes vizinhos discutindo uma questão comum. Dona Pia veio recebê-lo, cheia de orgulho:

— Você viu só que neta esperta que *io* tenho?

— Como assim, dona Pia? — Ricardo perguntou.

— Imagina você que o pobre do *mio* marido estava com um problema aqui na loja... Daí, comenta de lá, comenta daqui, descobriu que os vizinhos estavam passando pela mesma situação...

— E o que a Priscila tem a ver com isso? — Ricardo quis entender.

— Ela veio com uma conversa de que reclamar só não adiantava, que ele precisava se organizar, falar com os vizinhos, com quem resolvesse o problema... Daí, que um foi falando com o outro e fizeram uma *reunion*... Essa que eles estão fazendo agora já é a segunda... Imagina! E a idéia saiu da cabecinha daquela *ragazza*. Tão novinha...

— E juntos eles estão conseguindo resolver o problema...

— Claro! Você sabe: uma mão lava a outra. *Mio* velho achou que estivesse sozinho, e *no!* Descobriu uma porção de amigo... Mas quem deu a idéia foi a minha Priscila... *Ma viu que beleza de neta que io tenho*? Ajudou o avô a resolver *questo* problema...

— É... eu vi. — Ricardo falou, olhando para Priscila como quem entende muito bem em quem ela tinha se inspirado. — Inteligente a sua neta... tem idéias tão originais... onde você aprendeu isso, Pri?

Priscila se aproximou, beliscou o braço dele e falou baixinho:

— Sem gozação, Ricardo. Não deboche de mim...

Os dois se despediram e saíram para a rua, rindo muito.

— Isso é plágio, Pri! Essa idéia de se reunir para reivindicar os direitos saiu lá da cabeça do "seu" Durval e você leva a fama de menina esperta? Vou cobrar comissão!

— Comissão por quê, se a idéia nem foi sua? — Priscila falou.

— Mas foi graças a mim que você bateu papo com ele. Não fosse a *minha* candidatura, você jamais teria dado essa sugestão para o seu avô. Vou cobrar comissão, sim, senhora. Você fica me devendo esta. Ou melhor, vou cobrar uma multa, isso sim!

— Qual foi a infração cometida? — ela perguntou.

— Plágio. É proibido copiar as idéias dos outros. Pronto. Multada.

— Ihhh! Já vi que este negócio de autoridade está lhe subindo à cabeça — Priscila falou, brincando.

— Multada e fim de conversa — ele repetiu.

— Quantos beijos? — ela perguntou, pronta para sair correndo.

— Uma porção — disse ele, correndo atrás dela até a sua casa.

CONTATOS REAIS

Ricardo e Priscila chegaram vermelhos e ofegantes pela corrida e então ouviram a notícia de Bira:

— Sua mãe acabou de telefonar, Ricardo.

— O que ela queria? — Ricardo perguntou, ao mesmo tempo em que segurava Priscila firme pelo braço para que ela não escapasse.

— Saber se você vai passar as férias de julho lá ou se ela vem passar aqui conosco.

— Acho melhor ela vir, Bira. Se estiver bom para você, claro. Não tinha a intenção de sair da cidade — ele falou, olhando nos olhos de Priscila.

— Bem posso imaginar por quê — Bira falou, encarando os dois.

— Por causa das eleições do clube. Preciso estar aqui, você não concorda? — Ricardo tentou justificar-se.

— As eleições serão no próximo domingo, Ricardo. Vai ter muito tempo para viajar depois. Se quiser, é claro — Bira reforçou.

— Pois então não quero — Ricardo disse.

— Ele vai estar muito ocupado, Bira — Priscila ajudou.

— Você está querendo dizer que acha que ele vai ganhar? — disse Bira.

— Bem... — ela explicou. — Se ele ganhar, vai estar ocupado de uma maneira, se perder ficará muito ocupado fiscalizando o trabalho do vencedor, porque eu não quero saber de namorado alienado.

— A situação vira oposição, você quer dizer — Ricardo completou. — Pois eu acho que eu vou mais é querer curtir um pouco aquele clube, coisa que não fiz até agora. O fato é que eu não pretendo sair da cidade mesmo!

— Mas seja direto, franco e dê a verdadeira razão — Bira insistia em deixá-lo embaraçado.

— Por motivos pessoais. Está bem assim para você? — disse o rapaz.

— Quais motivos? — Bira insistiu, dando uma piscadinha para Priscila, que se divertia com a brincadeira.

— Você não vai sossegar enquanto eu não falar, não é verdade? — Ricardo desistiu de fugir à questão.

— Exatamente — Bira concordou.

— Pois bem. O motivo número um é a Pri — Ricardo confessou. — O motivo número dois é que gostei de morar com você.

— Explique-se melhor — o tio surpreendeu-se com parte da resposta. — Além da Priscila, qual é o outro motivo?

— Esse que eu acabei de falar, cara! Gostei de morar aqui, me adaptei melhor. Aprendi muito mais morando este tempo com você do que durante a minha vida inteira... Juro! — Ricardo falou.

Priscila olhou séria para ele e perguntou:

— Aprendeu o quê, por exemplo, se você veio de uma cidade muito maior do que a nossa?

— Tudo que numa cidade maior eu não conseguia enxergar — Ricardo tentou explicar. — Sei lá... as coisas aqui ficam mais na nossa cara, ficam mais claras, mais óbvias. Eu tenho a sensação de estar participando mais diretamente de tudo...

— Isso tem a ver com o clube também, não tem? — Bira perguntou.

—Tem a ver sim — disse Ricardo. — Apesar dos últimos acontecimentos, acho que você conseguiu dar vida ao clube e eu aprendi a olhar as coisas de uma maneira diferente. Acho que precisei enxergar as coisas numa proporção menor para então entender o que acontece no geral. Hoje eu entendo que existe uma razão por trás de uma placa "Proibido estacionar", por exemplo. Antes eu nem me dava conta se estava fazendo o que eu queria ou simplesmente obedecendo regras às cegas. Está satisfeito com a resposta?

— Bom saber disso, Ricardo. Estou tentando fazer o melhor que posso lá no clube, aqui, na firma... — Bira comentou, pensativo. — Bom saber que alguma coisa pelo menos está dando certo.

— Por falar nisso, Bira — Priscila falou — achei bárbaro o que você fez pelo "seu" Durval, criando um espaço para ele. Não tive oportunidade de lhe dizer isso.

— Um sinal de respeito por quem está lá há tantos anos, só isso — Bira falou.

— E você também vai ganhar uma homenagem, sabia? — Ricardo falou para Priscila.

— Eu? — ela estranhou. — Mas homenagem por quê?

— Meu tio vai mandar instalar uma porção de holofotes novos próximo ao clube. Agora você pode ir à noite, sem sustos.

— Mas você não pretende colocar nenhuma placa com meu nome, não é, Bira? — ela perguntou, preocupada. — Assim é que o pessoal nunca mais vai parar de mexer comigo por causa dos meus medos...Solidariedade que é bom, só na hora do aperto.

— Ou seja — emendou Ricardo — não é a todo momento que os cidadãos sabem se comportar como verdadeiros cidadãos.

— Pode ficar sossegada, Priscila, não vou colocar placa nenhuma. Aquilo lá estava perigoso mesmo. A cidade é pequena, mas já está tendo que aprender a conviver com a violência. Melhor prevenir — falou Bira, levantando-se e fazendo menção de sair da sala.

— Se está saindo por nossa causa, Bira, pode ficar à vontade. Nós é que vamos lá para fora — Ricardo avisou, enquanto puxava novamente Priscila pelo braço.

Ricardo e Priscila sentaram-se no degrau da pequena varanda e se abraçaram. Ficaram alguns minutos em silêncio até que Ricardo falou:

— *Prisma, Ação e Revolução*. Acho que vou começar a sonhar com isso.

— Mas e agora? O que alguém em campanha deve fazer? — Priscila perguntou.

— Como já divulguei as minhas idéias, só me resta esperar que chegue o dia da eleição. Ou você pensa que o pessoal vai no clube só para ouvir discursos? Não posso correr o risco de irritá-los com tanta conversa.

— É... Talvez essa sua tática funcione. Acho que você já falou bastante — Priscila concordou. — Então, que tal dar uma trégua?

— Trégua para fazer o quê?

— Para namorar, nadar, ir no cinema... Resumindo: curtir o clube como a gente vem insistindo para que os outros façam — Priscila sugeriu.

— Acho que está na hora mesmo — Ricardo concordou. — Está aí uma boa desculpa para eu não viajar nas férias.

— Ah! Não era por minha causa, então? — Priscila falou, encostando a cabeça em seu ombro.

Ricardo fez com que ela se voltasse para ele, segurou-a pelo queixo e falou:

— Vem cá, menina. Você ainda tem que me pagar aquela multa... Pensa que eu esqueci?

— Multa? — Priscila sussurrou, prendendo o seu olhar no dele.

— É... — falou Ricardo. — São as regras do jogo e regras existem para serem cumpridas. Você me entende...

Impressão e Acabamento
Bartira
Gráfica
(011) 4123-0255